EIFFEL

Ouvrage adapté du film *Eiffel*, de Martin Bourboulon.
Scénario original de Caroline Bongrand.
Adaptation et dialogues Caroline Bongrand,
Thomas Bidegain, Martin Bourboulon, Natalie Carter
et Martin Brossollet.

118, avenue Achille-Peretti – CS 70024
92521 Neuilly-sur-Seine Cedex
www.michel-lafon.com

Nicolas
D'Estienne d'Orves

EIFFEL

Michel Lafon

PROLOGUE

Bordeaux, 1859

L'eau était glacée. Il crut qu'on perçait son corps. Mille stylets pénétraient sa peau, à l'étouffer. Lorsqu'il est extrême, le froid devient brûlant. Son visage semblait lacéré par des flammes qui lui dévoraient les joues, le front, les lèvres. Il en fut si surpris qu'il ouvrit la bouche, aussitôt remplie par cette eau fangeuse dont il avala une gorgée avant de bloquer sa respiration.

Tout s'était passé si vite ! Cet ouvrier massif, dont les chaussures étaient plus larges que le ponton de fortune. Ces planches déjà usées, glissantes, mal arrimées les unes aux autres. Et cet instant d'inattention où l'homme avait voulu siffler une jeune femme qui passait sur la rive opposée, de l'autre côté de la Garonne.

En une seconde, c'était l'accident.

Le pied qui dévisse, le dos qui part en arrière, et ce cri, incrédule, presque joyeux, qui leur déchire les tympans.

Effroi général.

– Mon Dieu ! C'est Chauvier !

Tout le monde était tétanisé. Pourtant, si on les avait interrogés un à un, tous auraient avoué qu'ils le redoutaient, ce moment. Depuis le début du chantier, même. Pauwels leur avait assuré que l'échafaudage était sûr, qu'il n'y avait aucun risque, que la passerelle se construirait comme un jouet d'enfant. Tous y avaient cru. Du moins cela les avait-il arrangés de le croire. Et puis Pauwels payait bien. À Bordeaux, il était l'un des meilleurs employeurs. Enfin, ils étaient fiers de travailler sur ce projet. Cette passerelle en métal était révolutionnaire, disaient les journaux. Au café, dans la rue, on hélait les ouvriers pour en savoir plus.

– Alors, vous nous racontez ?

– On l'inaugure quand, ce pont ?

Cela les flattait ; ils se sentaient complices d'un exploit. Sans compter ce jeune ingénieur de vingt-six ans qui les galvanisait, n'économisait pas sa peine, arrivait le premier sur le chantier dont il fermait les clôtures une fois tout le monde reparti. Une boule d'énergie et d'idées, ce Gustave Eiffel. Bien sûr, son nom sonnait teuton bien qu'il se dise bourguignon. Mais après tout, on s'en moquait. Sur un chantier, il n'y a pas d'origine, il n'y a que des gens qui travaillent.

Chauvier travaillait, lui aussi. Il était même parmi les plus ardents à la tâche. Eiffel l'avait d'ailleurs repéré, faisant vite confiance à sa jugeote, à son intuition brute. N'était-ce pas Chauvier qui avait prévenu l'ingénieur de la précarité de cet échafaudage ?

– Faudrait en parler à m'sieur Pauwels. C'est lui le patron. Il suffirait d'un peu plus de bois, vous savez ?

– Je m'en charge, avait promis Eiffel.

Hélas, cela avait été une fin de non-recevoir.

– C'est hors de question ! avait bramé Pauwels sans même écouter les avertissements de son ingénieur.

– Mais, monsieur, si d'aventure il y a un accident, vous seriez tenu pour responsable !

– Allons bon ! Chacun est responsable de sa sécurité, mon bon ami. Et puis, c'est à vous de veiller au fonctionnement du chantier. Tout cela me coûte suffisamment cher. Et je vous rappelle que c'est vous qui avez le plus gros salaire.

Gustave Eiffel était revenu bredouille sur le chantier, mais personne ne lui en avait voulu.

– Au moins vous avez essayé, m'sieur Eiffel, avait dit Chauvier.

Gustave lui avait donné une tape sur l'épaule.

– Il faudra juste être un peu plus prudent, d'accord Gilles ?

– Moi, avait ri l'ouvrier, je suis léger comme une lamproie !

Et c'est pourtant Chauvier qui avait plongé, tête la première, avec ce cri terrible.

Dans la cervelle de Gustave, tout alla trop vite pour qu'il prenne le temps de réfléchir. Sinon, aurait-il sauté ?

Sans ôter ses chaussures, l'ingénieur sauta.

Le froid le saisit une seconde, mais sa volonté fut la plus forte. Malgré les eaux vaseuses, brunes, il aperçut la silhouette de Chauvier qui s'enfonçait. Il vit même son œil incrédule qui le fixait. Leur chance était que les eaux ne fussent pas hautes, à ce moment de l'année. En quelques secondes, Eiffel ceintura cet homme qui faisait le double de sa taille et, du plus profond de son énergie, donna un violent coup de talon sur le fond de la Garonne. Autre coup de chance : il prit appui contre une planche tombée de l'échafaudage aux premiers jours du chantier.

La remontée lui sembla une éternité. On dit qu'en ces moments-là – ceux qui précèdent l'instant fatal – tout repasse dans la mémoire. Mais Eiffel refoula tout souvenir. Ce n'était pas l'heure du bilan. Il arriverait à la surface avant de suffoquer.

L'air qui s'engouffra dans leurs poumons fut encore plus douloureux. Des gorgées de lave en fusion, que les deux hommes vomirent en atteignant la rive.

La foule des ouvriers s'était amassée et tout le monde voulait les aider à s'extirper du fleuve.

Chauvier se laissa retomber sur le dos et sourit au ciel.

Eiffel prit à son tour cette pose de gisant, mais tourna son visage vers l'ouvrier.

– Léger comme une lamproie ?

Chauvier éclata d'un rire douloureux et commença à grelotter.

– Tout le monde peut se tromper, m'sieur Eiffel. Mais une chose est sûre, vous êtes un héros, un vrai.

Gustave haussa les épaules et ferma les yeux. Jamais l'air ne lui avait paru si doux.

– 1 –

Paris, 1886

– Monsieur Eiffel, aux yeux des États-Unis d'Amérique, vous êtes un héros !

Quel curieux accent… Rond, allongé, avec des saccades subites. Eiffel s'est toujours demandé comment se forment les accents. Est-ce lié au climat, au relief ? Certaines voyelles seraient donc plus sensibles au soleil, les consonnes à la pluie ? L'accent américain est-il une synthèse des inflexions anglaises, irlandaises et hollandaises ? Peut-être, mais en ce cas y a-t-il une langue qui les ait toutes précédées ? Une structure primitive ?

« Un squelette… », songe Eiffel en fixant les lèvres charnues qui débitent leur compliment.

Au vrai, voilà un demi-siècle qu'il consacre sa vie aux squelettes. Il a presque tout abdiqué – sa famille, ses amours, ses vacances – pour sa passion des os. Bien sûr, ce sont des fémurs de métal, des tibias d'acier. Mais cette haute femme verte, assez ridiculement drapée, qui se dresse devant l'assemblée, n'est-elle pas la fille d'Eiffel, elle aussi ? Elle lui doit sa structure la plus secrète, la plus intime.

– Gustave, ça ne va pas ? chuchote Jean. On dirait que tu as vu la Vierge ?

– Vierge… elle ne le sera plus longtemps…

Eiffel retouche terre et se rappelle où il se trouve, devant qui, et pourquoi.

L'ambassadeur Milligan McLane n'a rien remarqué et continue son laïus, avec cet accent terrible, devant une assemblée qui vacille d'ennui sous ses faux cols et ses moustaches.

– Vous prétendez, avec modestie, n'avoir assumé de la « statue de la Liberté » que la structure interne. Mais c'est cette ossature qui fait et fera sa force.

Quelques barbons se tournent vers Eiffel et lui offrent des regards admiratifs. Il aurait presque envie de leur tirer la langue, mais il a promis de se tenir. Compagnon l'en a même supplié.

« Gustave, cela fait partie de ta mission. »

« Tu sais bien que je me moque des honneurs. »

« Pas moi, pas nous, pas les Établissements Eiffel. Alors si tu ne le fais pas pour toi… »

« …Fais-le pour moi, a ajouté Claire, sa fille, en entrant dans le bureau, tandis qu'il nouait maladroitement sa cravate papillon. Et puis laisse-moi t'aider, tu vas froisser ton col, papa… »

Gustave Eiffel est un homme de terrain, pas de salon. Il a toujours détesté les courtisans, les jeux de jambes, la cautèle des cabinets ministériels et les alcôves d'ambassade.

Mais bon, Compagnon a raison : il faut jouer le jeu. Et puis, si cela peut faire plaisir à sa fille chérie.

– Cette statue résistera à tous les vents, à toutes les tempêtes, et sera toujours là dans cent ans.

– J'espère bien, crétin ! murmure Eiffel, suffisamment fort pour que Compagnon lui envoie une bourrade aux côtes.

Mais l'ingénieur s'avance d'un pas et ajoute, en souriant à l'ambassadeur :

– Plus. Beaucoup plus que cent ans…

L'aréopage glousse en toussotant, et tout le monde se dit que cet Eiffel a de l'esprit. Gustave les regarde avec une fausse bienveillance. Il leur en faut bien peu…

Profitant qu'il est sorti du rang, l'ambassadeur s'approche du héros du jour et brandit la médaille.

Eiffel est étonné qu'elle soit si petite. Il en a reçu des pelletées, avec les années. Décorations françaises, régionales, coloniales : toutes sont pêle-mêle dans un tiroir où les enfants adorent piocher à la Mi-Carême. Celle-là ne tranchera guère sur les autres.

« Tout ça pour ça… », se dit Eiffel en se tournant vers « sa » statue. Est-ce bien la sienne, d'ailleurs ? Sa forme, ses charmes, son regard, sa morgue : tout vient de Bartholdi, le sculpteur. Les voyageurs qui entreront désormais dans le port de New York passeront devant elle. Elle est la première Américaine qu'ils rencontreront. Mais à qui en attribueront-ils la paternité ? À l'artiste ou à l'ingénieur ? Des deux, qui est l'artiste, le véritable créateur ? L'art n'est-il pas dans ce qui est caché, ce que l'on ne montre pas ? Tous les ponts, passerelles, viaducs construits par Gustave depuis trente ans sont-ils des œuvres d'art ou juste des objets ? N'est-il pas temps pour lui de bâtir une structure, un squelette qui n'ait d'existence que par et pour lui-même ? Qui soit la revanche et le triomphe des os ?

Une petite douleur le fait quitter ses pensées. L'ambassadeur l'a-t-il fait exprès ? Voyait-il le regard fuyant de l'impétrant à qui il a planté l'aiguille de la médaille à quelques millimètres du sein droit ?

L'Américain fait mine de ne rien remarquer et Eiffel ravale sa grimace.

– Au nom du peuple américain et de ses valeurs, je vous nomme citoyen d'honneur des États-Unis d'Amérique. *God Bless America!*

– *God Bless America!* reprend en chœur l'assistance.

Un Français aurait donné l'accolade. L'ambassadeur étreint Eiffel, puis l'embrasse sur les deux joues. Gustave se raidit. Son vieux sang allemand remonte toujours lorsqu'il est face à des mouvements trop familiers. Ces Américains sont décidément très enthousiastes. Et puis cette haleine, doux Jésus !

« Vous avez mangé des grenouilles, monsieur l'ambassadeur ? »

Bien sûr il ne dit rien, mais Dieu qu'il aurait aimé…

*
* *

– Il empestait l'ail, le Yankee ! C'était une horreur !

– Ça se voyait à ta tête… J'espère que personne n'a rien remarqué…

Eiffel avise l'assistance, qui glougloute en sirotant du champagne.

– Eux ? Ils sont aveugles et sourds…

Un vieil académicien se précipite vers Eiffel et lui serre chaleureusement la main en marmonnant un compliment que son absence de dents rend incompréhensible.

– Mais pas muets… ajoute Compagnon, tandis que le vieillard s'éloigne en titubant dans son habit vert.

– Bon, ça suffit, conclut Eiffel, qui se dirige vers le vestiaire.

– Gustave, attends !

– Attendre quoi ? Tous ces gens bavardent. Tu sais bien que je déteste bavarder…

Compagnon semble aux aguets, comme s'il craignait que l'attitude d'Eiffel leur joue des tours. Voilà des années qu'il arrondit les angles, nettoie derrière lui. Une besogne bien ingrate : Gustave est son associé, pas son souverain.

Mais Eiffel lui-même ne s'en rend pas compte. Leur amitié – car ils sont vraiment amis – repose sur ce rapport étrange de dépendance et de complicité. Comme l'aveugle et le paralytique.

Aujourd'hui, par exemple, Gustave ne devrait pas être si désinvolte. Compagnon l'avait prévenu, en gravissant le perron de l'ambassade des États-Unis, rue du Faubourg-Saint-Honoré. Il y aurait du beau monde. C'est-à-dire de futurs contrats.

« On n'a pas besoin de contrats… »

« On en a *toujours* besoin ! On voit bien que ce n'est pas toi qui as le nez dans les comptes, Gustave. »

« C'est précisément pour ça que je me suis associé avec toi. Pour moi, les chiffres sont des mesures, pas des billets… »

Reste que Compagnon a raison. Ce soir, la cour et la ville sont réunies sous le drapeau américain. Ce n'est pas le moment de jouer les divas.

– Tout le monde ne parle que de l'Exposition universelle, tu sais ? C'est dans trois ans. Autant dire demain…

Gustave fait mine de ne pas entendre et happe une coupe de champagne avant de grimacer.

– Tu as remarqué ? Il est tiède. Décidément, ces Américains…

Compagnon saisit Eiffel par le bras et le pousse un peu rudement dans un coin de la pièce, sous un vieux tableau représentant la ville de Cape Vincent, sur le lac Ontario. Une scène datée, figée, à l'image des fantômes qui hantent les salons.

Compagnon désigne un grand homme de dos qui semble sautiller sur place, comme s'il s'impatientait.

– Le grand, là. Il est au Quai d'Orsay. Il dit que Freycinet veut un monument pour représenter la France en 1889.

– Un monument ?

Voyant qu'il a enfin capté l'attention de l'ingénieur, Compagnon insiste.

– Oui ! Ils veulent bâtir ça à Puteaux, aux portes de Paris. D'ailleurs, pour y arriver, ils voudraient construire un chemin de fer métropolitain, comme à Londres. Un train qui passerait sous la Seine.

Cette idée réveille aussitôt Eiffel.

– C'est bien ça, c'est *très* bien !

Compagnon sent qu'il va enfin gagner la partie.

– Tu vois que l'on n'est pas venus ici pour rien ! Il faudrait prendre contact avec le ministère pour leur proposer des projets, des plans.

– Du métro ? Tu as raison. Renseigne-toi.

– Non, pas du métro, Gustave ! Du monument…

Lorsque Gustave est buté, rien ne peut le détourner.

– Le métro n'est pas une idée neuve. Et puis, il y a déjà du monde sur le coup, ajouta Compagnon.

– Et il en est où, le monde ? fait Eiffel en endossant son manteau.

Compagnon doit avouer qu'il ne sait pas.

Sourire de l'ingénieur, qui s'incline de loin et fait un petit signe aux quelques invités qui remarquent son départ. Voyant que certains vont s'approcher, il marche à reculons et gagne la cour de l'ambassade. Compagnon ne le quitte pas d'une semelle. Déjà l'esprit de Gustave bat la campagne. Le métro ! Il faut faire mieux que les Anglais ! Il imagine des tunnels, des structures métalliques, le squelette d'un gigantesque ver de terre !

– Renseigne-toi, je te dis. Un monument, ça ne sert à rien. Alors que le métro… voilà un beau projet. Un *vrai* projet !

– 2 –

Bordeaux, 1859

Pauwels ne savait ce qui attisait le plus sa colère : l'accident de Chauvier, l'inconséquence de Gustave Eiffel, ou que sa propre pingrerie lui ait fait frôler un vrai drame.

Tandis qu'il s'approchait des deux hommes allongés sur la rive, les ouvriers s'écartèrent. Il y avait en eux un mélange de respect et de dégoût. Pauwels restait le patron…

– Pour qui vous prenez-vous, Bon Dieu ? Vous n'aviez pas à sauter !

Eiffel commença de se redresser et, par réflexe plus que par sympathie, Pauwels lui tendit la main pour l'aider à se mettre debout.

– Je vous l'ai dit, monsieur Pauwels. Avec plus de bois, on ferait des échafaudages plus larges, et personne ne tomberait à l'eau…

L'ensemble des ouvriers confirma, sans pour autant oser parler. Ils ne savaient pas jusqu'à quel point ils pouvaient soutenir l'ingénieur.

– Je vous ai déjà répondu vingt fois : j'ai un budget à tenir !

Le public se figea, attendant la riposte.

Désignant les ouvriers, Eiffel dit d'un ton posé :

– Et moi, j'ai besoin de tous mes hommes…

Pauwels comprit qu'il dansait sur des œufs. Il ne voulait pas être coincé par une mutinerie. En ce cas, le budget serait vraiment grevé. Et il avait des comptes à rendre, lui aussi.

S'approchant d'Eiffel, il lui prit le bras comme dans un salon et affecta un ton de conspirateur.

– Il n'est pas mort, votre gars, dit-il en désignant Chauvier.

L'ouvrier continuait à sourire au ciel, comme si le Bon Dieu venait de lui accorder un sursis.

Eiffel fut bien forcé d'acquiescer.

– Alors, arrêtez de m'emmerder avec vos histoires de bois.

– Je m'en occupe moi-même, en ce cas, tonna Gustave.

– Vous en occuper ? Et puis quoi encore ?

Sans un regard pour Pauwels, Eiffel s'enroula dans une couverture et tourna les talons.

– Mais où allez-vous ?! Et puis séchez-vous, Bon Dieu ! Ce n'est pas le moment de tomber malade !

S'il avait vu le visage de son ingénieur, Pauwels aurait découvert un sourire gourmand et ravageur. Eiffel aimait les défis, et il s'apprêtait à en relever un nouveau. Après tout, il avait commencé sa journée en sauvant une vie de la noyade. À côté de ça, braver l'homme le plus riche de Bordeaux serait un jeu d'enfant.

– Eiffel, revenez ! criait Pauwels, perdant toute autorité. Je vous en supplie, ne faites pas de bêtise !

– 3 –

Paris, 1886

Eiffel aime le bruit. Non pas le ronron mondain des salons, les chuchotis de boudoir, mais le bon bruit franc d'une humanité qui trinque, qui fanfaronne. Cela lui rappelle l'ambiance des chantiers, des ateliers. Des hommes au corps-à-corps avec leur métier, plongés dans l'œuvre du jour, occupés à arracher du néant une masse, une forme. Occupés à rendre réel, tangible, ce que Gustave a *imaginé*. L'imagination, tout est là : la force de voir plus loin, autrement. Et cela ne peut se faire que dans un brouhaha perpétuel qui succède justement au grand silence de l'inspiration, lequel a toujours été pour l'ingénieur un objet de fascination et de terreur. Lorsqu'il est seul face à ses idées, lorsqu'il guette l'étincelle qui donnera lieu au premier dessin, Gustave a peur. Il se croit petit garçon à l'orée d'une forêt, une fois la nuit tombée, sans savoir de quel côté le loup va surgir. Mais jamais il ne vient, le croque-mitaine. Au contraire, c'est lorsque la peur est la plus indicible, la plus impalpable, que sa créativité se met en marche ; il doit toucher le fond de l'inquiétude, du doute, pour remonter vers la *bonne* idée. Et c'est ainsi que les Établissements Eiffel sont devenus ce qu'ils sont : des génies du fer, des poètes du métal. Du fer, des métaux qui ne sauraient exister que par ce grand raffut des fonderies, des marteaux, des établis, de ces muscles suants, ces fronts soucieux, cette attention de chaque instant. Le bruit, à nouveau. Son cher bruit. Sa maison.

Voilà pourquoi Gustave est si bien, dans ces brasseries où l'on ne s'entend pas. Ces ruches où l'on braille, se hèle, s'alpague ont quelque chose de rassurant. Depuis la déroute de soixante-dix, elles ont pullulé. Combien d'Alsaciens ont trouvé refuge à Paris, fuyant l'hydre au casque pointu ? Ils préfèrent servir leur bière aux dragons de la République qu'aux soldats de Bismarck. La choucroute sera française ou ne sera pas.

– Encore un demi, monsieur Eiffel ?

– Parfait ! Et remettez-moi une douzaine.

– Fines de claire ?

– Évidemment !

– C'est parti !

– Papa, tu n'as même pas fini les douze premières…

– Tu me connais, je prends toujours de l'avance…

– Et ne mange pas si vite, tu vas t'étouffer !

– Oui, maman…

Claire grimace. Elle n'aime pas que son père lui parle ainsi. Bien sûr, elle couve toute la famille, mais c'est son rôle de grande sœur. Depuis la mort de leur mère, neuf ans plus tôt, elle est la vraie maîtresse de maison. Mais qu'il l'appelle maman, c'est trop. Ça n'est drôle ni pour lui ni pour elle. D'ailleurs il s'en rend compte et pose sa main toute iodée sur celle de Claire.

– Pardonne-moi, mon cœur… Je peux être très maladroit.

Devant le sourire de son père, Claire sent fondre son animosité. Père et fille s'adorent ! « Ils sont comme les deux doigts de la main », dit-on dans les couloirs des Établissements

Eiffel à Levallois-Perret, lorsque Claire passe vérifier que son père a bien pris son écharpe, ou quand elle lui apporte un pique-nique dans un panier. Gustave est son père, mais aussi son modèle, son idole. Lorsqu'elle parle de lui, son ton s'enflamme.

« Tu es amoureuse, ma parole ! », plaisantent parfois ses amis.

Claire hausse les épaules, pas choquée pour autant.

« En un sens. Il est l'homme de ma vie. Du moins pour l'instant. »

C'est d'ailleurs pour cela qu'elle a voulu le voir, ce soir. C'est même elle qui lui a donné rendez-vous à la *Brasserie des Bords du Rhin*, boulevard Saint-Germain, car elle sait que Gustave y a ses habitudes. Ce qu'elle doit lui annoncer mérite son attention et sa bienveillance. Il doit donc être dans son élément.

– Papa, je voudrais te parler de quelque chose…

Eiffel la regarde avec douceur, mais il est déjà ailleurs. Il gobe une huître après l'autre, dans ce grand bruit de succion qui horripilait son épouse.

« Gustave, on dirait une pieuvre ! », disait-elle, capable de quitter la pièce. Claire a hérité de cette aversion, mais aujourd'hui elle doit prendre sur elle. Ce n'est pas le moment de froisser son père.

– Laisse-moi deviner, dit-il en gobant une nouvelle huître. Tu abandonnes le droit pour les Beaux-Arts ?

– Je voudrais me marier…

Claire n'en revient pas de l'avoir dit ! Tout son corps est électrique, mais elle seule s'en aperçoit. Gêné par le bruit, Gustave n'a rien entendu.

– Pardon ?

Claire grimace un sourire et détache chaque syllabe.

– Je-vou-drais me ma-ri-er.

Impassible, Eiffel hausse les épaules et plonge ses lèvres dans la chope que vient de lui apporter le serveur.

– Oui, bien sûr, ça t'arrivera un jour, dit-il en essuyant sa moustache. Mange, prends encore des huîtres ! L'iode, c'est excellent pour la santé. Pour la croissance. Pour tout.

– Papa…

Gustave le fait-il exprès ? Il n'est parfois qu'un garnement qui mérite une fessée. Et là, il aurait beau jeu de l'appeler maman…

Claire s'apprête à remonter au front quand une ombre s'approche d'eux.

Dire que c'est Claire qui a dit à Compagnon qu'elle déjeunait ici avec son père. Elle l'a même mis dans la confidence en le suppliant de ne pas les déranger. Aujourd'hui plus que jamais. On est toujours trahi par les siens… Voilà dix ans que l'ingénieur et l'ancien charpentier travaillent ensemble, au point que Jean fait désormais partie de la famille. Du moins Claire le croyait-elle.

Hélas, Compagnon n'est plus le gentil oncle d'adoption. Redevenu l'associé angoissé, il s'assied sans un regard pour Claire et étale des documents sur la table, faisant fi des taches et des auréoles.

– Tu as déjeuné ? demande Eiffel.

Avant même qu'il ne réponde, Gustave lance : « Douze fines de claire pour monsieur ! » et ouvre un journal que Compagnon gardait coincé sous son bras.

– La médaille américaine, on en parle ? Il y a des photos ?

– Je croyais que tu te foutais des honneurs.

– Des honneurs, oui. Pas de la publicité. Ce n'est pas toi qui vas me contredire, non ?

Tandis que son père ausculte chaque page du *Figaro*, Claire sent ses muscles se crisper. Compagnon remarque enfin la jeune femme et se rappelle qu'il n'a pas choisi le bon jour. Il lui offre une mine désolée, mais Claire ne quitte pas son père des yeux.

– Papa, est-ce qu'on pourrait se parler vraiment ?

Le père ne l'écoute plus. Compagnon vient de lui tendre un parapheur et l'ingénieur signe, une feuille après l'autre.

– Désolé, ma Claire, s'excuse Compagnon, embarrassé. Mais tu sais bien…

– Oh ça oui, je sais…

Claire connaît cette indécrottable *concentration* dont son père leur rebat les oreilles. « Être à ce que l'on est, à ce que l'on fait. Ne jamais se disperser, vous comprenez, les enfants ? »

« Oui papaaaa… »

Tout à coup, Eiffel repousse violemment l'un des dossiers vers Compagnon.

– Poulard, tu renégocies. Moi je ne paye pas ça…

Puis, après avoir signé encore une demi-douzaine de documents, Eiffel se laisse retomber sur sa banquette, comme un athlète après l'effort ; le visage serein, il vide la moitié de sa chope.

Claire n'a pas le cœur à reprendre le combat. Son père a parfois le don de tout gâcher.

Un peu gêné, hésitant à s'éclipser – maintenant qu'il a ruiné la fête, ne serait-il pas lâche de se carapater ? –, Compagnon demande à Gustave :

– Tu as repensé à l'Exposition universelle ? Au monument ?

Eiffel balaye la chose d'un geste méprisant.

– Tu ne vas pas recommencer. C'est le métro qui m'intéresse…

Posant sa main sur celle de sa fille, il ajoute :

– Claire, dis-lui que le métro, c'est moderne.

D'un ton de perroquet geignard, Claire répète : « Le métro c'est moderne, Jean », mais Eiffel ne distingue aucune ironie dans la voix de sa fille. Au contraire, il opine, satisfait d'être épaulé.

Claire se raidit alors sur sa chaise et fait un clin d'œil à Compagnon en disant :

– En même temps, un monument, ça peut être excitant.

Eiffel est surpris, d'autant que Compagnon saisit la balle au vol :

– Je t'assure que le monument, c'est le contrat à prendre. Il est là, le prestige.

Encore un mot qui irrite l'architecte… Le prestige ! Voyez-vous ça !

– Explique-moi l'intérêt de construire un édifice qui ne sert à rien et qu'il faudra démonter…

– Ah c'est temporaire ? s'étonne Claire.

– Vingt ans, grommelle son père. Autant dire une seconde…

Compagnon contracte ses mâchoires, mais ne s'avoue pas vaincu pour autant.

– Tu te souviens du projet de Koechlin et Nouguier ?

Eiffel fait mine de chercher dans sa mémoire, alors qu'il voit fort bien ce dont parle son associé. Cette tour lui avait semblé bien ingrate, bien fade, et il avait aussitôt retoqué ses employés en leur demandant de trouver d'autres idées.

– Ce pylône qu'ils essaient de nous refourguer depuis des mois ? Tu plaisantes, j'espère…

– Ça mérite vraiment que tu la regardes à nouveau.

Eiffel hausse les épaules.

– Une tour. Mais ça ne sert à rien, une tour.

– Peut-être, mais ça se voit de loin…

À cette remarque, Eiffel se tait et réfléchit. Claire en profite pour se lever de table.

– Je vais vous laisser…

Gustave lui sourit avec douceur.

– Tu es sûre, ma chérie ?

– Sûre de quoi ?

– Tu ne voulais pas me parler ?

Son père est impossible ! Elle voudrait que sa mère revienne d'entre les morts pour lui secouer les puces.

– Ne t'en fais pas, murmure-t-elle, déçue.

Malgré sa colère, elle embrasse son père et l'odeur de son parfum estompe un peu de sa mauvaise humeur. Elle parvient même à sourire et lance, en s'éloignant entre les tables lourdes de bière et de choucroute :

– Je te parlerai bientôt, papa.

– Quand tu veux, ma chérie.

Compagnon la regarde s'éclipser par la grande porte à tambour. Il voit surtout les hommes qui détaillent sa silhouette, observent ses formes, la chute de ses reins, malgré sa tenue sévère. À une table voisine, trois messieurs la montrent même du doigt avec des gestes suggestifs.

– Elle a vraiment changé, ta fille.

– Tu trouves ?

– Elle est devenue une vraie femme…

À cette remarque, Eiffel surgit de ses huîtres, l'air sincèrement surpris.

– Une femme ? Vraiment ?

– 4 –

Bordeaux, 1859

Pauwels avait raison : pas question de tomber malade. Et puis on ne se présentait pas chez les Bourgès vêtu comme un croquant. Il était donc repassé chez lui en coup de vent pour enfiler des vêtements secs, peigner tant bien que mal ses cheveux, et même se raser. Son père portait la barbe et Gustave se faisait un point d'honneur à offrir ce menton glabre et volontaire qui n'était pas sans déplaire aux jeunes Bordelaises, lorsqu'il allait s'attabler en terrasse des cafés une fois la journée terminée.

Mais aujourd'hui, Gustave Eiffel ne se rendait pas au café. Il entrait – sans y être invité ! – dans l'une des plus belles maisons de la ville, légèrement en retrait du centre. Une de ces superbes bâtisses construites sous l'Ancien Régime, qui avaient appartenu à quelques aristocrates locaux, et que de riches marchands avaient achetées – souvent à bas prix – au sortir de la Révolution. Les propriétaires étant en exil ou ayant eu le cou tranché, c'était l'époque des bonnes affaires. Eiffel ne savait pas d'où venait la fortune des Bourgès, mais elle était colossale. Elle était à l'image de cette grande façade, de ce jardin florissant, de ce parc profond, et de ce ballet de domestiques qui s'agitaient avec une grâce coordonnée, comme une fourmilière. Le voyant remonter l'allée centrale qui menait à la grille, un maître d'hôtel vint à sa rencontre. C'était un petit homme raide au regard fané, qui parlait en affectant un accent britannique.

– Monsieur, puis-je vous aider ?

– Je viens voir monsieur Bourgès.

Mine surprise du domestique, qui toisa un instant l'inconnu, comme s'il jaugeait sa mise, son élégance.

– Vous êtes attendu ?

– Non, mais c'est urgent, s'impatienta Gustave d'un ton sec. Cela concerne le pont…

– Le pont ? s'étonna le maître d'hôtel.

– Oui. Sur la Garonne. Je travaille avec monsieur Pauwels.

Le domestique s'éclaira et fit signe à Gustave de le suivre.

D'autres personnes arrivèrent au même instant, un couple de jeunes et riches Bordelais, sans doute, qui firent un petit signe au maître d'hôtel – « bonjour Georges », « bonjour monsieur le comte, bonjour madame la comtesse » – avant de gravir les marches montant à l'entrée principale.

Eiffel grinça des dents lorsqu'il comprit que Georges le faisait passer par l'arrière de la maison. Il fallut traverser la buanderie, l'office, les cuisines, croiser des femmes de chambre affairées, des serveurs portant des plateaux, d'autres maîtres d'hôtel qui ne lui accordaient même pas un bonjour alors qu'il se faisait un point d'honneur de les saluer.

Lorsqu'ils atteignirent le grand hall d'entrée – tant de détours pour ça ! – Gustave reconnut la voix. Ce timbre grave, rocailleux, étrangement paysan pour un grand bourgeois. Une voix de maquignon. Bien qu'il fût de dos, Eiffel identifia aussitôt cette haute silhouette carrée qui rappelait plus un fort des Halles, un étrangleur de souk, qu'un nanti bordelais. Louis Bourgès était déjà venu trois fois visiter le chantier de la passerelle dont il fournissait le bois. On racontait beaucoup de choses sur cet homme, sur sa fortune, ses méthodes. Quoi qu'il en soit, la vie lui souriait, car les lieux étaient d'un lustre intimidant.

Louis Bourgès était planté au milieu de l'entrée, à mi-chemin entre la porte à double battant et cet escalier luxueux qui gravissait les étages. Ses bras faisaient des moulinets et sa voix tonnait.

– Tu ne vas pas recommencer avec ça ! Une jeune femme ne porte pas de pantalon !

– Mais papa, cela ne vous dérange pas, voyons…

– Cela ne se fait pas, tu le sais très bien.

Éclat de rire cristallin.

– Eh bien, vous viendrez me voir en prison…

Gustave vit alors une silhouette se détacher de celle du colosse, avant de se précipiter dans l'escalier, comme une fée. C'est à peine si elle touchait terre. Un instant, elle s'immobilisa et se retourna, appuyée à la rampe, dardant ses yeux de chat. Puis elle sourit à son père avec une joie provocante.

– Adrienne, s'il te plaît, sois gentille…

– Je *suis* gentille, rit-elle encore, avant de disparaître dans les étages.

Bourgès haussa les épaules et grommela en consultant sa montre à gousset. C'est alors qu'il aperçut l'inconnu.

– Qu'est-ce que vous voulez, vous ?

Mais l'homme ne lui répondit pas, les yeux encore tournés vers cet escalier, dont la fée avait trop tôt disparu.

– Georges, qu'est-ce que c'est que ça ?

Le maître d'hôtel dut donner un léger coup de coude à Gustave pour qu'il revienne sur terre. La grosse trogne de Bourgès était presque contre son visage, et il sentit son haleine lourde de bourgeois trop nourri.

– Je viens pour les échafaudages…

Bourgès restait impassible, légèrement hébété.

– Les échafaudages ?

– Oui, ceux du pont, sur la Garonne.

Déjà ses yeux gagnaient en clarté.

– Le pont… Mais vous êtes qui ?

– Gustave Eiffel.

À ce nom, Louis Bourgès se redressa et perdit sa lourdeur. Tout sourire, il prit la main de Gustave pour la serrer chaleureusement.

– Le héros du jour ? On ne parle que de vous depuis ce matin.

Gustave n'était pas venu pour recevoir des lauriers.

– Justement, monsieur Bourgès. Nous manquons de bois. Je viens pour ça. Il nous en faut plus, beaucoup plus…

Ces détails semblèrent de peu d'importance à Bourgès, qui fit un geste désinvolte.

– Qu'à cela ne tienne. Je verrai ça avec Pauwels, fit-il en affectant de retourner vaquer à ses occupations.

– Non. Il me le faudrait tout de suite…

À nouveau la carcasse s'immobilisa, retrouvant son inertie, comme s'il y avait un hiatus entre un esprit allègre, vivace, et ce corps si pataud. Mais déjà le sourire revint et il scruta Gustave, comme l'avait fait le maître d'hôtel à son arrivée ici. L'ingénieur avait le sentiment d'enchaîner les examens.

– Ah bon ? fit Bourgès. Eh bien restez déjeuner, tiens ! Comme ça, on en parlera tranquillement. C'est oui ? Georges, faites ajouter un couvert.

Ces grands bourgeois sont impossibles ! Si peu habitués à la contradiction, ils font les questions et les réponses. C'est sans doute pour cela qu'ils sont de fieffés négociateurs : ils ont raison avant vous.

Gustave s'apprêtait à répéter qu'il était venu pour le bois quand la porte de la salle à manger s'ouvrit en grand. Tous étaient déjà assis et un « ah, papa, enfin ! » résonna comme une chanson.

– Vous venez ? s'impatienta Bourgès.

Assez gauche, Eiffel lui emboîta le pas.

– Mes amis, nous avons un invité surprise !

Parmi les convives, Eiffel reconnut aussitôt les yeux de chat.

À nouveau son cerveau projette, envisage, calcule. Mais lorsqu'il plante cet objet au bord de la Seine, à Puteaux, le tableau ne le convainc pas. Il se tourne malgré tout vers Compagnon qui n'a toujours rien dit, adossé à la vitre. C'est lui qui a convoqué les deux ingénieurs pour les envoyer au casse-pipe. Il reste pourtant impassible, car il connaît cette mécanique intellectuelle : Gustave est en perpétuel duel avec lui-même, ses doutes, ses contradictions. Les réalisations à Garabit, Gérone, Maria Pia, Cubzac, Souleuvre, Verdun ne sont que des bras de fer entre Gustave et sa propre audace. Et si cette tour doit un jour exister, elle ne saurait prendre un autre chemin.

Toutefois, lorsque Eiffel saisit la maquette et la tend aux deux ingénieurs, Compagnon sent s'effriter son assurance.

– C'est trop raide, tout ça. Sans mystère, sans charme. Je veux de la technique, mais aussi de la poésie, Bon Dieu ! Nous sommes là pour impressionner, mais aussi pour faire rêver. Allez, remballez-moi votre pylône et retournez au travail !

Koechlin et Nouguier sont blafards. Depuis les bureaux voisins, on observe avec compassion les deux hommes qui quittent la pièce comme des pénitents, portant leur œuvre mort-née.

– Tu es dur, Gustave, fait Compagnon, qui a tiré une chaise et s'y laisse retomber.

Eiffel reste plongé dans ses pensées, griffonnant des formes, des lignes, sur une grande feuille posée devant lui.

– Ce n'est pas moi qui suis dur : c'est l'époque. La concurrence est rude. Ce n'est pas le moment de se laisser distancer. Nous ne faisons pas un métier de rêveur !

Entendant cela, Compagnon sait que Gustave n'en croit pas un mot. Sans ses rêves, sans ses visions, tant de réalisations auraient été impossibles. Ne l'a-t-on pas surnommé le « poète du fer » ? Mais Gustave récuse ces familiarités.

– Le bon projet, c'est ce qu'on sait faire : quelque chose d'utile, de démocratique…

– …Et qui restera après nous… complète Compagnon, qui connaît la devise de son ami. Je sais, Gustave.

Sachant qu'il radote, Eiffel consent à sourire. C'est pourtant la seule manière de faire entrer une idée : en la rivant à l'esprit, comme on lie deux pièces de métal.

– Tu t'es renseigné ? reprend l'ingénieur.

– Sur quoi ?

Eiffel n'aime pas que ses interlocuteurs perdent le fil de sa pensée, même lorsqu'il n'en articule pas les termes.

– Le métro, Jean. Je te parle du métro…

– C'est compliqué. La Ville de Paris et le gouvernement ne sont pas d'accord. Chacun est braqué dans son camp et le projet est gelé…

Pour Gustave, ce n'est pas un obstacle. Il a dû affronter des crues, des ouragans, des falaises : ce ne sont pas des controverses administratives qui vont l'empêcher d'avancer !

– De quelle autorité cela dépend-il ? Qui pilote le projet de l'Exposition universelle ?

– Le ministre du Commerce.

– Édouard Lockroy ? Il n'y a qu'à l'approcher.

Parfois, c'est Gustave qui fait l'enfant. Il a tellement l'habitude que Compagnon lui prépare le terrain…

Eiffel se lève et marche jusqu'au portemanteau, de l'autre côté de la pièce. Par la fenêtre, il regarde un instant la vue, dehors. Malgré la pluie, sa petite ruche tourbillonne. Les ouvriers charrient les piliers de métal, les architectes courent d'un bureau à l'autre, les fournisseurs arrivent en trombe, avec leurs chevaux, comme si tous couraient après le temps.

« Ayez toujours une seconde d'avance, même quand vous dormez », leur a-t-il si souvent répété. Ne jamais se laisser devancer, encore une devise, et il en a tant. Ses pauvres enfants n'en peuvent plus des axiomes et des formules.

« Papa, laisse-nous respirer », dit souvent Claire, sans lui en vouloir. La douceur n'est pas son fort. Et elle sait combien il l'aime, cette famille qui est son socle, son rocher. Mais Gustave Eiffel est un homme exigeant, avant tout avec lui-même. Voilà pourquoi il ne se laisse jamais démonter. Rencontrer le ministre du Commerce ? Qu'à cela ne tienne !

Tirant un journal de la poche de son manteau, il le déplie sur le grand bureau et désigne une signature en bas d'un article.

– Lui !

Compagnon chausse son lorgnon. Il s'agit d'un article sur l'Exposition universelle dont l'auteur semble très au fait.

– Lui, qui ?

– Tu connais cette signature ?

Compagnon se penche davantage.

– Antoine de Restac ? C'est un des chroniqueurs les plus lancés du moment, oui.

– On était ensemble en prépa, à Sainte-Barbe.

Compagnon est très surpris.

– Vous vous connaissez ?

– Je ne sais pas si c'est le même, mais celui-ci m'a l'air assez proche du ministre.

Jean opine et prend le journal pour lire l'article plus attentivement.

– Ça, je te le confirme. Restac sait tout avant tout le monde. Une vraie fouine. On le redoute jusqu'au sommet de l'État. Il doit savoir beaucoup de choses sur beaucoup de gens…

Sentant monter une crainte sourde, Compagnon replie le journal avec précaution et se rassied.

– Vous vous connaissiez bien ? Je veux dire, vous étiez amis ?

Eiffel se tourne à nouveau vers la fenêtre. Dans les nuages, il voit des formes qui remontent à ses jeunes années. S'il a bien connu Restac, on peut le dire. Comme on connaît bien la bamboche, la folie étudiante, les nuits sans sommeil.

– On avait le même goût pour les filles et la bière.

Ses yeux deviennent piquants et il se passe la langue sur les lèvres.

– On les faisait même venir à l'internat…

– Les filles ?

Eiffel éclate de rire.

– Non, les filles, on les voyait en dehors…

Compagnon n'écoute plus. Quoi qu'aient pu faire les deux compères, il a tout intérêt à les réunir. Aujourd'hui plus que jamais.

– C'est bon, je t'organise ça…

– 6 –

Bordeaux, 1859

Le déjeuner était délicieux et l'ambiance agréablement détendue. Gustave se rappelait certains repas à Dijon, lorsque ses parents l'emmenaient dîner chez de grands bourgeois de la ville. C'étaient des pensums où le jeune homme se retenait de bâiller, obligé de supporter le pipi d'eau tiède de rombières à voilette qui lui parlaient broderie et jardinage. Mais aujourd'hui, rien de tout cela. Louis Bourgès aimait s'entourer de jeunesse, de joie de vivre, et Gustave comprit qu'il faisait table ouverte tous les jours pour ses amis et ses proches. Ils étaient une bonne douzaine autour de cette grande table si joliment fleurie. Bourgès trônait en sénateur. De l'autre côté, son épouse couvait l'assemblée avec une bienveillance discrète. Brune, très apprêtée, faisant sans doute jeune pour son âge, elle avait la raideur compassée des femmes soumises, malgré un œil qui ne devait rien laisser au hasard. Quelques amis de passage – dont le couple croisé à l'entrée – semblaient ici chez eux. Et puis il y avait Adrienne, la fée aux yeux de chat…

Elle était assise en face de Gustave, mais la table était très large et elle ne parlait qu'à ses voisins. Il tentait de capter son regard et elle se faisait un malin plaisir de toujours échapper à son attention. Quand bien même, le patriarche pilotait les conversations, lançant les sujets comme on jette les dés au jeu de l'oie.

– Bravo pour ce matin, Eiffel, fit-il avec autorité tandis qu'on servait les asperges. Sauter dans la Garonne, avec ce courant !

Le voisin d'Adrienne, un jeune gommeux comme Eiffel en avait souvent croisé, eut un gloussement dédaigneux.

– N'exagérons rien. En cette saison, le courant n'est pas si fort.

– Je vous y verrais, vous, Edmond, avec vos cheveux lustrés, gloussa Bourgès. Eiffel n'a pas hésité un instant à plonger !

Mouché, Edmond rougit et s'apprêta à répondre, mais Adrienne ne lui en laissa pas le temps.

– Vous avez plongé dans la Garonne ? dit-elle en fixant l'ingénieur. Tout le monde a l'air d'être au courant et moi je ne sais rien…

La jeune femme laissa passer un instant. Puis, gourmande, elle ajouta :

– Racontez-nous…

« Nouvel examen », songea Eiffel, dont les muscles se tendirent. Il lui semblait plus aisé de sauver un homme dans un fleuve glacé que de s'improviser fanfaron devant une assemblée qui attendait d'être épatée. Il sentait surtout monter une timidité inhabituelle, devant cette jeune femme qui le dévisageait.

– Sur le chantier, commença-t-il en s'éclaircissant la gorge, nous manquons d'échafaudages. Disons qu'il y a plus d'ouvriers que de planches, lesquelles sont trop étroites. Et ce matin, un de mes hommes est tombé à l'eau.

– Un de *vos* hommes ? répéta Adrienne.

Avec un ton qu'il n'aurait pas voulu si satisfait, Eiffel répliqua qu'il était l'ingénieur responsable de la construction de la passerelle métallique.

Le visage des convives s'éclaira : ils comprenaient enfin. Tous savaient que Louis Bourgès fournissait le bois de l'édifice dont le chantier était suivi avec intérêt par toute la ville.

– Une dentelle de métal, fit le comte croisé dans le parc. Je l'ai vue, c'est prodigieux.

Une jeune femme assise près d'Adrienne objecta qu'elle la trouvait fort laide, cette passerelle.

– C'est moderne, trancha Bourgès. Et c'est le choix du maire.

La maîtresse de maison plissa des yeux et observa son « invité surprise » non sans méfiance. Gustave sentit passer l'hostilité de cette femme, qui masquait ses sentiments sous une courtoisie de maîtresse de maison.

– Un bien grand ouvrage pour un bien jeune ingénieur.

– Je ne l'ai pas conçu, madame. Je conduis simplement les travaux.

– Et modeste, en plus ! grommela Bourgès. Pauwels m'a raconté que ce jeune homme a mis au point une méthode révolutionnaire à partir de vérins hydrauliques.

Un voile passa sur les convives, que ces détails ennuyaient déjà. Sans doute préféraient-ils que l'on parle de ces apparitions qui avaient lieu à Lourdes depuis le début de l'année ? Ou des conséquences de l'attentat contre l'Empereur en janvier dernier ? La France était sur les dents. À côté de ça, les vérins hydrauliques…

Seule Adrienne restait captivée, dévorant Gustave des yeux. Elle s'apprêtait à parler, mais sa mère la devança :

– Les premières asperges de la saison. Ce sont des violettes.

Satisfaction générale, tandis que les gens se servaient.

– Eh bien expliquez-nous ! insista Adrienne, comme s'il n'y avait qu'eux deux à table.

Madame Bourgès allait s'interposer, mais son mari lui fit un signe sévère. Puis il se tourna vers Eiffel et lui donna la parole.

– C'est un système très simple, commença-t-il, gagnant peu à peu en assurance. Il permet d'arrimer les pieds du pont dans le lit du fleuve, de sorte qu'il soit parfaitement fixe et stable malgré la légèreté de sa structure métallique.

L'attention du public flancha aussitôt. Adrienne vint à la rescousse de Gustave.

– Donc vous êtes ingénieur ?

– Oui.

– Vous savez tout construire, alors ?

– Pas tout, mais pas mal de choses…

Piaffant depuis trop longtemps, Edmond profita d'un flottement pour demander d'un ton sournois :

– Et où avez-vous appris à nager ?

La question réveilla les convives.

– Au collège Sainte-Barbe, à Paris.

– Qu'y faisiez-vous ?

– Je préparais Polytechnique. Mais c'est l'École centrale qui m'a pris…

Irrité par ces états de service, Edmond redoubla d'ironie :

– Ils cherchent donc des bons nageurs, à Centrale ?

En d'autres temps, cette rixe eût lassé Gustave. Mais Adrienne semblait boire le moindre de ses mots et il ne voulait pas pâlir devant Edmond.

– Pour tout vous dire, l'épreuve de secourisme s'est mal passée. L'homme que je devais sauver s'est noyé, et il est mort…

L'ensemble des convives se redressa, ne comprenant plus où ce jeune homme voulait en venir. Bourgès fronça les sourcils.

– Mais, heureusement, ils m'ont noté sur mon plongeon : j'avais les bras bien alignés, donc ils m'ont pris…

Maintenant, le malaise était palpable. Madame Bourgès avait perdu son sourire et son mari mangeait ses asperges, guettant la réaction des convives.

Le rire d'Adrienne n'en fut que plus incisif. Une cascade de cristal qui détendit l'atmosphère. Gustave lui-même s'était senti comme un funambule qui perd l'équilibre.

– Très drôle, fit Bourgès, avant d'engloutir deux asperges d'une même bouchée. Il a de l'esprit, notre ingénieur.

– Et en plus vous faites taire Edmond, ajouta Adrienne en toisant son voisin, manifestement mouché. C'est sûr : vous êtes le héros du jour !

Sachant qu'il avait gagné la partie, Gustave laissa les rires s'apaiser, puis profita de son – très bref – prestige :

– Monsieur Bourgès, les échafaudages ne sont pas assez larges. C'est pour ça que l'ouvrier est tombé, ce matin. Nous avons vraiment besoin de plus de bois…

– Papa, vous avez entendu ? fit aussitôt Adrienne. Si un peu de bois suffit à sauver des vies, vous aussi vous pouvez être un héros.

Jovial, Bourgès opina, les joues gonflées de nourriture. Et tout le monde sembla se féliciter de cette bonne action qui leur coûtait si peu.

Gustave, lui, ne voyait qu'Adrienne.

– 7 –

Paris, 1886

Rien ne vaut les amitiés étudiantes. Elles échappent à la jalousie, aux rancœurs, aux blessures de l'âge d'homme. Malgré le temps, elles conservent une fraîcheur que n'auront jamais les rencontres d'une vie devenue respectable. Lorsqu'on est encore en friche, on accepte tout. On se cherche, on cherche l'autre, les autres, et ce cheminement est une armoire aux délices, car rien ne semble interdit. On a encore l'excuse du jeune âge, de l'inexpérience, et on en profite. Pour ce qui est de profiter, Antoine et Gustave avaient bu jusqu'à la lie la coupe du plaisir. Ils étaient pourtant bûcheurs, l'un et l'autre. Préparer l'École polytechnique, au début des années 1850, n'était pas une mince affaire. Les postulants venaient de la France entière pour intégrer la prestigieuse école, et la concurrence était rude. D'autant que Sainte-Barbe n'était pas forcément la meilleure des classes préparatoires, mais elle avait accepté ce petit Dijonnais de dix-huit ans tout droit sorti des jupons de sa mère. Ah, la fierté de sa famille dans les rues de la capitale bourguignonne.

« Gustave monte à Paris ! disait sa mère. Il fait Polytechnique ! »

« Il *prépare* Polytechnique », corrigeait le père.

Mais les commerçants du marché, les vignerons voyaient-ils la différence ? Ils étaient prêts à croire monsieur et madame Eiffel, que tout le monde respectait, ici. C'est d'ailleurs elle qui portait la culotte, féroce négociante en houille qui avait bâti un vrai petit empire. Le père avait fait ses classes dans les armées napoléoniennes où il avait appris l'art d'obéir : désormais, sa femme était son empereur. Gustave en avait acquis un respect du travail bien fait, de la parole donnée, de l'effort ; et cette ambition chevillée au corps, d'autant plus forte qu'elle lui venait de sa mère, à une époque où les femmes étaient si souvent réduites à la cuisine et au salon. Une seule chose chagrinait les Dijonnais : leur nom. On savait bien que si elle se faisait appeler Eiffel, cette famille se nommait Bonickhausen. Et ils avaient beau vivre en France depuis un siècle, ils n'en venaient pas moins de Rhénanie, dans la région de l'Eiffel. Ce n'étaient pas exactement des gens comme eux. Cela marquait une différence.

Cette différence, les Bonickhausen-dit-Eiffel en avaient fait une force. Ce qui distinguait rendait plus fort – cela « obligeait » – et le père savait qu'un jour il officialiserait son changement de nom. Voilà pourquoi ils étaient des gens insoupçonnables, inattaquables. Voilà pourquoi la réussite scolaire du petit Gustave était une nouvelle preuve d'excellence et d'intégration. Il devait être plus que français.

Pouvait-on parler d'excellence ? Vu depuis Dijon, certainement. Certes, Gustave travaillait d'arrache-pied pour préparer le concours, mais les nuits qu'il passait avec son ami Antoine dans les tavernes de la montagne Sainte-Geneviève étaient moins studieuses ! A-t-il seulement dormi durant ces deux années ? Il serait incapable de le dire. Les seuls souvenirs qui lui reviennent sont des réveils brumeux dans des draps poisseux, avec, à ses côtés sur l'oreiller, de jolies chevelures couvrant des visages juvéniles qui ne lui disaient plus rien. À cette époque, ils vidaient des bocks et dévoraient des filles, ou l'inverse ! C'était la joie, la folie, la jeunesse, le monde de tous les possibles. On l'avait tenu sous cloche pendant dix-huit ans, il fallait bien qu'il jette sa gourme. Et Antoine de Restac, camarade rencontré dès son arrivée à l'internat, serait le compagnon de ses bamboches.

Las, leurs ébats ont porté un coup dur à leurs idéaux. À trop butiner, on s'éparpille et l'on se perd soi-même. Puis c'est la débâcle. Les parents de Gustave n'ont pas voulu croire leur fils lorsqu'il dut leur annoncer qu'il avait raté Polytechnique.

– J'ai eu l'écrit, mais pas l'oral…

Il ne précisa pas que la veille de l'examen, il avait passé une nuit blanche entre les cuisses de Camille, accorte jeune femme rencontrée place de la Contrescarpe, qui avait même dû le pousser dehors pour qu'il aille à sa colle.

– En revanche, je suis pris à l'École centrale…

Les parents ne voulurent rien savoir. Pour eux, l'École centrale des arts et manufactures n'existait pas. La déception était à la hauteur des attentes. Surtout, qu'allaient ils dire à leurs voisins, leur famille, leurs commerçants ? Comment leur petit Gustave avait-il pu leur jouer un pareil tour ?

Serait-ce là qu'était née la rigueur d'Eiffel ? Sa droiture, sa rigidité viennent-elles du voile qui est tombé sur le regard de sa mère ? Un voile qui mettrait des années à s'estomper. Il en faudra des ponts, des structures, des passerelles pour que Catherine Eiffel ne considère plus Gustave comme un cancre. Même aux inaugurations, quand on venait la féliciter pour le travail de son fils, elle marmonnait : « Oui-oui, il est assez doué. Mais s'il avait fait Polytechnique… »

Gustave ne disait rien, blessé par le regret de sa mère, mais conscient que c'était sa faute.

– Tu veux dire que ta mère t'en a voulu ?

Antoine de Restac n'en revient pas. Voilà une bonne heure que Gustave lui raconte sa vie après qu'ils se sont quittés à la sortie de Sainte-Barbe, et il reste surpris par la sévérité de cette femme.

– Je n'étais plus l'enfant qu'elle avait connu…

Restac pouffe. Dans la taverne, l'ambiance est irrespirable. Les deux hommes se voient à peine derrière les fumées des pipes, les brumes d'alcool et ces gens qui se cognent, titubent, hèlent les serveurs, braillent qu'ils ont soif, faim, envie d'un pilon, d'un rôti, d'une femme.

L'un et l'autre n'étaient pas venus ici depuis 1852 !

– Trente-cinq ans, tu te rends compte ? fait Gustave en regardant alentour.

– Ça n'a pas changé, fait Restac en vidant un cinquième bock d'une bière tiède mais riche en souvenirs.

– Si : *nous*, on a changé.

Eiffel passe sa main dans sa barbe grisonnante :

– Il y a trente-cinq ans, nous étions les plus jeunes de la taverne, rappelle-toi. Alors qu'aujourd'hui…

D'un geste instinctif, Antoine de Restac pose sa paume sur le haut de son crâne : depuis quelques années, il perd ses cheveux.

– Aujourd'hui, nous sommes les doyens de l'assemblée.

Aux tables voisines, quelques étudiants les toisent avec ironie.

– Alors, messieurs, on s'encanaille ?

– Vous voulez qu'on vous en prête une ? fait un des jeunes gens en désignant une demoiselle assise sur ses genoux.

Celle-ci – rousse, offerte, presque dépoitraillée – scrute les quinquagénaires de pied en cap et crie d'un air gourmand :

– Moi je ne dis pas non. C'est comme les bécasses : quand c'est faisandé, ça a meilleur goût…

La table explose de rire et nos deux « vieillards » se regardent en haussant les épaules. N'avaient-ils pas fait les mêmes farces à leur époque ? C'était l'aube du second Empire, Badinguet était aux commandes, Haussmann n'avait pas encore éventré Paris, mais l'esprit était le même. L'ivresse transcende les époques, éternelle. Napoléon III ou le général Boulanger, à chaque temps ses idoles et ses têtes de Turc. Les étudiants restent des étudiants et ne sont soucieux que d'eux-mêmes, leur liberté, leur plaisir.

– Et toi, Antoine ? Qu'as-tu fait, pendant ces trente-cinq ans ?

Restac se renverse sur sa chaise et prend l'air évasif en tirant une bouffée d'un gros cigare.

– Je ne suis pas devenu une célébrité comme toi. J'étais né paresseux et le suis resté.

– Bonne définition du journalisme.

La remarque fait sourire Restac, mais il garde son sérieux.

– Sans doute ma famille avait-elle trop d'argent, trop de confort. Je n'ai pas eu à lutter. J'ai choisi la facilité. Avec mes relations, ma bonne mine, mon savoir-vivre, je grenouille de salons en ministères depuis tant d'années que je suis l'homme le mieux informé de Paris. Au vrai, il n'y a que ma femme qui reste un mystère pour moi…

– Tu es marié ?

– On dirait que ça te surprend. Oui je suis marié. Et depuis longtemps, même.

– Et tu as combien d'enfants ?

À cette question, le visage de Restac se fige. Il se mord les lèvres et fait un geste vers le tavernier, pour qu'on leur apporte deux nouveaux bocks.

– Tu en as, toi ? demande-t-il, sans répondre à la question de Gustave.

– Quatre…

Restac grimace à nouveau. Eiffel voit passer, de façon très fugitive, la marque d'une jalousie féroce, aussitôt noyée dans un regard triste et résigné.

– Ça doit être beau, quatre enfants. Et leur mère ?

Au tour d'Eiffel de se raidir. Restac voit son ami pâlir.

– Marguerite est morte il y a déjà neuf ans…

Long silence. Les deux hommes sont gênés. Gênés de cet instant suspendu, où l'un puis l'autre se sont jalousés, enviés, pour mieux comprendre qu'ils portaient chacun leur croix.

Comme s'il fallait briser la glace, Restac tape du poing sur la table.

– Trente-cinq ans, mon vieux Gustave. Trente-cinq.

– Et toujours autant de mousse, rit Eiffel en vidant d'une traite la bière que le tavernier vient de leur apporter.

Nouvel éclat de rire de la table voisine, où l'on braille en chœur « *En revenant d'la revue* ».

Gustave repose sa chope, l'œil vitreux. La bière lui a fait retoucher terre. Il n'est pas ici pour réveiller des fantômes, pour revivre sa jeunesse. Il est Gustave Eiffel, le brillant fondateur des Établissements Eiffel, et ce n'est pas un hasard s'il a voulu revoir le journaliste Antoine de Restac.

– Tu connais Édouard Lockroy ?

Restac est surpris de cette question et par le ton inquisiteur de son vieux camarade.

– Le ministre du Commerce ? Oui, je le connais. Très bien, même.

– Tant mieux…
– Pourquoi me demandes-tu ça ?
– J'ai besoin de le rencontrer. Très vite…

– 8 –

Bordeaux, 1859

Le prestige du jeune Eiffel s'émoussa vite. Sitôt le repas fini, les invités allèrent au jardin et l'entre-soi retrouva son empire. Bourgès parlait à son épouse, le comte prit le bras de la comtesse, Edmond chuchota à l'oreille d'une jeune femme, qui ricana avec effroi. Même Adrienne redevint la demoiselle de la maison, ayant un sourire pour chacun, jouant son rôle avec cette perfection que confèrent l'éducation et l'habitude.

Eiffel ne s'en étonna guère. Il connaissait cette caste. À Dijon, il préférait toujours aller chez les vieux aristocrates, classe déchue mais qui avait conservé une courtoisie héritée de l'ancien temps. Alors que les bourgeois semblaient si désireux de marquer leur territoire qu'ils en devenaient rustres, maladroits, redoublant de mépris pour faire oublier que leurs aïeux venaient de la fange.

Gustave savait que son rôle s'arrêtait là. Après tout, il avait rempli sa mission : Bourgès fournirait plus de bois.

Il était juste déçu qu'Adrienne fût si insaisissable. Pour elle, il n'existait plus, réduit à sa condition de fournisseur.

« Une péronnelle, comme toutes les autres… », songea-t-il en faisant un geste discret à Bourgès, de loin.

Occupé à palabrer avec la comtesse, le maître de maison ne se donna même pas la peine de venir saluer son « invité surprise ». Tout juste esquissa-t-il un hochement de tête avant de reprendre sa conversation. L'ingénieur était congédié.

Vexé, Gustave tourna les talons. Les convives le snobaient avec tant de constance que personne ne remarqua la silhouette qui s'éloignait vers la sortie du parc.

Alors qu'il atteignait la grille, il perçut des pas qui couraient sur le gravier.

– Vous partez ?

Adrienne était haletante.

– Je retourne sur le chantier.

Elle sembla surprise par son ton cassant. Pourquoi cette hostilité, brusquement ? Il ne s'était même pas donné la peine de la saluer. Piquée, elle répliqua :

– Mais oui, bien sûr, j'oublie qu'il y a des gens qui travaillent.

Dite avec tant de dédain, la réplique perdit de sa férocité. Adrienne surjouait son rôle.

Lorsque sa main prit celle d'Eiffel, l'ingénieur tressaillit.

– Vous viendriez à mon anniversaire ?

Si Gustave s'attendait à cela ! Pris de court, il répondit qu'il ne savait pas.

– Ne vous inquiétez pas, vous ne serez pas perdu, il y aura du bois et du métal.

Eiffel étouffa un rire nerveux devant l'incongruité de cette remarque.

– Les tables et les couverts ?

– Entre autres, oui.

– En ce cas je viendrai.

La joie d'Adrienne n'avait rien de feint.

– Dimanche prochain, à quatre heures de l'après-midi ?

– Il y aura Edmond ? demanda Gustave avec un sourire incisif.

La jeune femme prit un air évasif.

– Edmond ? Je ne vois pas de qui vous parlez…

Gustave eut une si violente envie de poser un baiser sur sa joue qu'il se força à passer la grille.

– À dimanche, Adrienne.

Alors qu'il se retournait, elle le dépassa d'un pas vif et se planta devant lui. Elle avait perdu sa légèreté et faisait presque peur.

– J'étais là, ce matin.

Gustave ne comprenait plus.

– Où donc ?

– Je passais sur la rive opposée. C'est moi que votre ouvrier a sifflée avant de tomber à l'eau. Et je vous ai vu sauver cet homme.

Puis, sans un mot, elle courut retrouver les invités.

– 9 –

Paris, 1886

– C'est bon, Restac m'organise une rencontre avec Lockroy.

– Une entrevue ? demande Compagnon.

– Mieux : un dîner. Demain soir…

L'associé peine à masquer son excitation.

– Calme-toi, Jean. Tu fais vibrer la table…

Eiffel ne relève même pas la tête. Comme si souvent, il paraphe une page après l'autre, validant des factures, des commandes, des livraisons, des plans, des bordereaux. Il accélère même la cadence, pour se débarrasser du pensum.

– Doucement, Gustave. Ta signature devient illisible.

Paraphant une dernière feuille, l'architecte se projette en arrière, comme face à une bourrasque. Compagnon voit alors ses traits : creusés, figés, les yeux injectés de sang.

– C'est l'ensemble de la journée qui est illisible depuis ce matin…

Puis il trempe son mouchoir dans un verre d'eau et se masse les tempes. Compagnon l'a rarement vu dans cet état.

– Tu as un peu trop fêté tes retrouvailles avec Restac ? La soirée s'est terminée tard ?

– La soirée ? La nuit, tu veux dire ! Mais je n'ai plus vingt ans. On devrait interdire l'accès des tavernes aux vieux comme moi. À cinquante-quatre ans, j'ai passé l'âge…

Jean rit de bon cœur, mais les traits de son associé gardent une teinte de veau fané.

Voyant passer l'un des derniers arrivés dans l'entreprise – un jeune homme fringant, mais gauche, qui rôde toujours près de son bureau –, Eiffel lui fait signe de venir.

– Tiens, le nouveau ! Allez me chercher du bicarbonate !

« Le nouveau » devient écarlate, marmonne : « Bien sûr, monsieur Eiffel » et gagne la pharmacie du bâtiment.

Au même instant, Claire fait irruption dans la pièce et s'assied devant son père.

– Papa, je voudrais te parler…

Son père – dont le moindre mouvement attise sa migraine – murmure d'une voix atone :

– Oui, j'ai compris, tu veux te marier…

Soulagée, Claire fait un clin d'œil à Compagnon, qui s'est lui aussi assis. Eiffel ne remarque rien, trop occupé à se masser le crâne, paupières closes, avec des grognements de vieux félin.

– Se marier… On ne sait même pas avec qui, d'ailleurs…

Lorsqu'il rouvre les yeux, il se recule. « Le nouveau » est devant lui, qui porte un plateau avec une timbale et une carafe. L'ingénieur trouve qu'il a tout d'un loufiat. L'autre n'en est que plus gêné, car l'instant s'étire dans un silence pesant.

– Qui est l'heureux élu, Claire ? finit-il par insister.

– C'est Adolphe.

Claire a répondu avec tant d'évidence qu'Eiffel est perdu.

– Adolphe ? Je ne connais pas d'Adolphe…

Compagnon retient un fou rire, car le nouveau n'a pas bougé, figé dans sa pose.

– Adolphe Salles, reprend Claire, qui claque des doigts devant le visage de son père, comme on tire de l'hypnose.

Gustave passe de l'apathie à l'agacement.

– Je ne sais pas qui est Adolphe Salles. Ce n'est pas un nom facile, ça : madame Salles…

Compagnon doit maintenant se mordre les joues. D'autant que Gustave dit « madame Salles » sur tous les tons, avec une voix de fausset.

– Arrête, papa…

Eiffel connaît sa fille. Malgré sa douceur, elle peut virer tigresse. Ce n'est pourtant pas lui qu'elle regarde, mais le malheureux nouveau, au visage cramoisi, qui n'en finit pas de garder la pose.

Eiffel remarque sa présence, prend la timbale de bicarbonate qu'il vide d'un trait, puis donne un coup de menton vers le nouveau.

– Pourquoi il reste là, lui ?

– C'est lui, papa…

– Lui qui ?

Cette journée est vraiment trop compliquée. Si l'ensemble du monde veut jouer au rébus, Eiffel préfère retourner se coucher !

– Lui, insiste Claire en désignant le nouveau.

Eiffel lève la tête vers son jeune employé.

– Vous êtes qui, vous, d'abord ?

– Adolphe.

– Ah vous aussi ? Décidément, tout le monde s'appelle Adolphe, aujourd'hui…

La scène tourne à l'absurde. Eiffel comprend enfin le quiproquo.

– Le nouveau ? fait-il en dévisageant Adolphe Salles. Tu veux épouser le nouveau ? Mais… mais pourquoi ?

Cette question, si sincère, si désarmante, laisse tout le monde sans voix. Claire retrouve le ton maternel qui fonctionne toujours avec son père.

– Papa, si je t'avais dit que j'étais amoureuse de quelqu'un, tu l'aurais embauché pour le tester, non ?

– C'est évident, appuie Compagnon.

– Eh bien là, vois-tu, nous gagnons du temps. Adolphe travaille pour toi depuis sept mois…

Gustave Eiffel est pantois.

– Mais elle est démoniaque…

À cette remarque, Adolphe ne peut retenir un sourire et Gustave lui donne une bourrade qui fait vibrer le plateau.

– Vous allez épouser le diable, vous savez ça ?

Après un temps de pause, comme si personne n'osait, tout le monde éclate de rire. Qui est vraiment cet Adolphe ? D'où vient-il ? Que font les parents ? Sera-t-il – surtout – un bon époux ? Eiffel aura le temps de le connaître mieux. Car lorsque Claire veut *vraiment* quelque chose, il ne peut que s'incliner : en cela, elle est bien la fille de son père. L'ingénieur tape alors dans ses mains.

– Tiens, le nouveau… le gendre… enfin ce que vous voulez, vous savez où est le cognac ?

– Oui, patron…

– Et en plus il m'appelle patron ! Eh bien allez le chercher, et prenez trois verres de plus, il faut bien trinquer, non ?

Claire s'avance vers son père et le serre très fort, posant sur ses joues des baisers de petite fille.

– Elle m'étouffe ! Mais vous m'aurez tout fait, aujourd'hui. Il faut que je sois présentable demain soir au ministère, quand même.

Puis, le regard vitreux, il répète comme une comptine :

– Madame Salles… Claire Salles… C’est quand même moche…

– 10 –

Bordeaux, 1859

Gustave mit du temps à trouver la serre. Elle était de l'autre côté du parc, après le potager, à l'orée d'un petit bois qui semblait étrangement profond, comme l'amorce d'une forêt. Une cinquantaine de jeunes gens riaient, dansaient, s'éloignaient pour chuchoter des secrets, buvaient des coupes de champagne, dévoraient des petits gâteaux que des maîtres d'hôtel apportaient sur des plateaux. Et tout cela au son d'un piano qu'on avait posé au milieu de la pelouse. Manifestement, la plupart des invités étaient déjà là et Gustave s'en voulut de n'avoir pas été ponctuel.

– Eiffel ! cria Adrienne, familière et haletante d'avoir dansé, en s'avançant vers lui.

Quelques invités tournèrent la tête, surpris de ne pas connaître ce visage, mais vite repris par leur conversation.

Happant une coupe au passage, la jeune femme la tendit à Gustave.

– Je vous attendais plus tôt, monsieur l'ingénieur.

Eiffel grimaça. De ce monde, il ne maîtrisait pas les codes. Adrienne remarqua son trouble et le rassura.

– Je plaisantais, Gustave. C'est une fête. Tout le monde est libre.

– Libre de travailler, répondit-il, aussitôt agacé par sa propre raideur. Je suis passé sur le chantier avant de venir ici.

Adrienne était sincèrement étonnée.

– Un dimanche ?

– Il y avait sans doute un noyé à sauver, fit une voix qui s'approchait.

Gustave reconnut Edmond, qui avait une revanche à prendre. Il risquait d'y arriver, d'autant qu'Adrienne éclata de rire à cette saillie et prit un homme à chaque bras.

– Gustave, Edmond, aujourd'hui c'est la trêve des confiseurs, dit-elle en les conduisant devant un somptueux buffet. Rarement Eiffel avait vu une telle profusion de gourmandises, d'autant que personne n'y touchait, comme si ces nourritures étaient un décor.

Au loin, il aperçut Bourgès qui discutait sur la pelouse avec un couple de gens âgés. Un instant, le grand bourgeois vit « son » ingénieur, plissa les yeux pour l'identifier puis, n'y parvenant pas, haussa les épaules et reprit sa conversation.

Cette mémoire courte arrangeait Gustave : il n'était venu que pour Adrienne.

Tout à coup, la musique s'arrêta et tous s'épièrent. Et lorsque la pianiste attaqua avec une énergie du diable le galop d'*Orphée aux enfers*, la fête sembla prise de folie ! Adrienne saisit Eiffel par la manche et le tira si fort qu'il faillit s'inonder de champagne.

– Viens !

Ce tutoiement l'électrisa.

Une quinzaine de jeunes gens tournaient en courant autour d'un cercle de sièges vides. Gustave reconnut le jeu des chaises musicales auquel il avait joué dans son enfance. Mais il ne pensait pas que des adultes eussent de telles occupations ! Sans quitter Adrienne des yeux, il entra dans la ronde ; ils étaient proches à s'effleurer.

Lorsque la musique cessa, tous se ruèrent sur les sièges. Gustave se retrouva adossé à Adrienne, qui hurlait de rire. Seul un jeune garçon était debout, penaud et vexé.

– Perdu ! cria Adrienne avant que tout le monde se relève et qu'on ôte une chaise.

Combien de temps le jeu dura-t-il ? Gustave avait lâché prise, préférant s'abandonner à cette ambiance puérile et joyeuse. Voilà tant d'années qu'il n'avait pas connu une telle légèreté. En d'autres temps, il fût parti : mais Adrienne était là. Elle était l'âme de cette journée et semblait une fée qui donne vie aux personnages effleurés de sa baguette. N'étaient-ils pas des automates, des figures de cire, tous ces jeunes gens apprêtés, lustrés, à l'image de cet Edmond qui n'avait de cesse d'épier jalousement Gustave. Adrienne avait sa cour comme d'autres leurs poupées ; une cour qu'elle animait d'un regard, d'un éclat de rire. Et Gustave était déjà prêt à accepter les règles étranges d'un monde qui n'était pas le sien et qu'il découvrait par l'entrée de service. Mais n'est-ce pas ainsi que tout se fait ? Un jour, on monte en grade ; peu importe comment on y parvient, puisque de là-haut la vue est si belle qu'on oublie les souffrances de l'ascension. Eiffel n'en était pas à ces considérations ; il tournait, dansait, courait, se faisant un point d'honneur à toujours rester près d'Adrienne. Quand elle se jetait sur un siège, il choisissait le siège voisin ; lorsqu'elle trébuchait, il la rattrapait ; si elle perdait un objet, un mouchoir, un ruban, il parvenait à le saisir, sans pour autant cesser le jeu.

Chaque geste devenait une caresse. Comme si cette course un peu ridicule était la porte ouvrant sur un jardin bien plus parfumé, bien plus mystérieux que ce grand parc bourgeois. Il lui semblait même être le seul invité de cet anniversaire, comme si Adrienne ne voyait plus que lui. Ses yeux félins, sa peau si douce qu'il effleurait au gré des cahots du jeu, ce sourire étrange, parfois effrayant, qui rappelait la méduse. Et puis ce corps jeune, élancé, couronné par cette chevelure d'ébène semblait bien celui d'une fée.

« Ou d'une sorcière », songea-t-il alors qu'il se jetait sur un nouveau siège.

Depuis combien de temps n'avait-il pas été aussi fasciné par une jeune femme ? Eiffel avait tant travaillé, tant cravaché. Il lui semblait retrouver, l'espace d'une fête, cette jeunesse que les études lui avaient volée. Et ce n'était pas les nuits de bamboche avec Restac qui pouvaient se comparer à cette pureté aérienne. Tout à coup, Adrienne devenait incomparable. Elle devenait la seule.

Lorsque, la troupe se resserrant, ils furent obligés de se jeter sur la même chaise, Gustave sentit remonter sa timidité et se recula aussitôt pour laisser gagner Adrienne.

– Nous sommes ex aequo, Gustave. Vous restez…

À nouveau, elle le voussoyait. Était-ce la fin du rêve ?

Vaincu, l'ingénieur fit trois pas en arrière et s'inclina, comme un danseur au terme de la valse. Un instant, leurs regards s'accrochèrent l'un à l'autre, comme si elle le suppliait de ne pas s'éloigner, puis elle fut happée par le tourbillon. Son rire n'en parut que plus exquis, son visage plus beau, sa silhouette plus lumineuse.

Offenbach continuait sa ronde diabolique et Gustave gagna le buffet, où il tomba nez à nez avec Bourgès. Dévorant une tarte au citron dont il se barbouillait les lèvres, le bourgeois reconnut l'ingénieur.

– Tiens, Eiffel !

– Superbe fête.

– Je suis content de vous y voir. Pas de compétition de natation, aujourd'hui ?

Décidément, l'humour de ces gens !

– Le dimanche, je pars à la pêche, fit-il en happant un morceau de tarte, mimant le geste de l'hameçon.

Bourgès sourit vaguement, puis s'éloigna en murmurant :

– Amusez-vous, jeune homme. Profitez.

« Car pour moi, ça ne durera pas… », compléta Eiffel en voyant la grosse carcasse rejoindre d'autres invités, dans cette partie de la pelouse réservée aux « parents ». Madame Bourgès reconnut alors le jeune ingénieur. Sans le quitter des yeux, elle dut chuchoter à l'oreille de son mari : « Tu l'as invité ? »

Bourgès haussa les épaules, répondant sans doute : « Pas du tout. Encore une fantaisie d'Adrienne… »

– Vanille, pistache ou chocolat ?

Le front en sueur – ces petites boucles trempées sur son front étaient délicieuses –, Adrienne tendait à Gustave trois cornets.

– Non merci, répondit-il, sentant remonter sa gêne.

– Vous n'aimez pas les glaces ?

– Pas trop…

Après un rapide regard vers la foule, Adrienne jeta les trois cornets dans un seau à champagne et retint un fou rire. Puis elle prit son bras.

– Un homme qui n'aime pas les glaces… Ce que vous êtes sérieux.

– Ça vous déplaît ?

– Pas du tout, fit-elle en l'entraînant loin du buffet.

Un instant Gustave s'arrêta, mais Adrienne resserra son étreinte.

– Vous avez peur de moi ?

Eiffel se força à sourire mais ne put s'empêcher de vérifier alentour. Quelque chose lui soufflait qu'il ne devrait pas être là ; ce n'était ni son monde ni sa vie. Mais le visage d'Adrienne était si joli, si implorant.

– Non je n'ai pas peur, dit-il enfin, épousant le pas de la jeune femme. Vous savez bien que je sais nager.

Adrienne éclata de rire. La fée était de retour.

– Venez, marchons un peu, il fait trop chaud ici.

– 11 –

Paris, 1886

Antoine de Restac frissonne, puis éternue. L'écho s'enfonce entre les arbres du parc, comme on se perd en forêt. Ce n'est guère le moment de tomber malade ! Voilà vingt minutes qu'il fait les cent pas sur le perron du ministère du Commerce. Il a tiré mille ficelles pour organiser ce dîner en dernière minute, utilisant tous ses leviers dans les coulisses politiques parisiennes. Cela pour respecter une promesse d'ivrogne, faite après trois litres de bière. On ne devrait jamais être fidèle à sa jeunesse !

Une ombre en habit et haut-de-forme jaillit alors de la pénombre.

Antoine reconnaît Gustave.

– Enfin, te voilà !

Pardonne-moi, mais les enfants ne voulaient pas se coucher…

L'excuse irrite Restac, mais il est trop soulagé pour en tenir rigueur à son vieux camarade.

– Tu m'as fait peur, Gustave. Le ministre est déjà descendu de ses appartements. Il est là avec son chef de cabinet. C'est bon pour nous. Très bon, même !

Gustave grimpe les marches quatre à quatre et lui serre chaleureusement la main.

– On a beaucoup bu, l'autre soir…

– À qui le dis-tu, glousse Restac. Et ce soir, tu as le trac ?

– Jamais. Et toi ?

Le visage d'Antoine devient lumineux.

– C'est le moment que je préfère : celui qui précède la rencontre.

– Alors en piste ! fait Gustave en le devançant dans le hall du ministère.

Le salon est vaste mais capiteux, éclairé à la bougie, décoré de meubles chaleureux que la lueur d'un grand feu de bois rend encore plus ambrés.

Les voyant arriver, Édouard Lockroy s'avance vers eux, affable et bonhomme. Sa moustache blanche est au diapason de son sourire. Et il pose ses larges mains sur les épaules de Gustave.

– Eiffel ! Enfin, je fais votre connaissance.

– Monsieur le ministre, répond Gustave, un peu raide, car il ne s'attendait pas à une familiarité aussi prompte. D'autant que Lockroy passe son bras autour de son épaule et prend un ton de conspirateur.

– Le ministre des Armées m'a parlé hier de vos ponts démontables en termes très élogieux. Ils leur sont très précieux en Indochine, vous savez ?

Gustave s'apprête à répondre, mais déjà le ministre relâche son étreinte et file vers un autre invité qui vient d'arriver dans le salon. Mondanités…

Restac a suivi la scène d'un œil ironique.

– Bienvenue dans le secret des princes, glisse-t-il à l'oreille de son ami avant de lui prendre le bras. Viens, je vais te présenter à tout le monde.

Un à un, Eiffel tente de mémoriser les noms de tous ces messieurs identiques, vêtus dans les mêmes tons, affublés de la même barbe, arborant les mêmes décorations, flanqués des mêmes épouses, revêches et trop fardées. Mais il s'agit de jouer son jeu et Gustave sait le faire. Lorsque Charles Bérard, le directeur de cabinet de Lockroy, lui dit : « Oh, le magicien du fer », Eiffel incline humblement la tête.

Au même instant, il aperçoit son reflet dans le grand miroir du salon, et constate qu'il a la même allure, la même silhouette et la même barbe que les autres convives. À quoi bon se démarquer si tout se noie dans un mimétisme mondain ? On trahit toujours sa jeunesse…

– Et voici ma femme.

Eiffel est à ce point abîmé dans le reflet du miroir qu'il ne tourne pas la tête. Sous ses yeux, dans la glace, une silhouette vient d'apparaître. Un fantôme. Pourquoi ce soir ? Pourquoi maintenant ? L'ingénieur a besoin de toute sa tête. Mais le spectre est là, prisonnier du miroir, comme ces photographies truquées que l'on vend sur les boulevards : de bons bourgeois y sont flanqués d'ectoplasmes blafards.

Gustave doit même s'arracher à cette vision et s'accrocher au visage de Restac pour ne pas chavirer.

– Tu disais, Antoine ?

– Je voulais te présenter mon épouse, Adrienne.

Alors tout vacille à nouveau, car le mirage prend vie. L'ombre a quitté le miroir pour s'incarner devant lui. Une ombre qui le fixe avec un embarras que seul Gustave peut remarquer, luttant lui-même contre la stupeur. Longtemps les deux êtres restent face à face. Antoine de Restac est trop occupé à scruter la pièce pour identifier des potentats. Tout autre aurait été frappé par l'étrangeté de la scène : au cœur de la ruche, deux abeilles ont viré statues, comme les habitants de Pompéi figés en plein mouvement.

Gustave Eiffel est incapable de parler ; Adrienne de Restac est tout aussi muette. L'un et l'autre ont les lèvres qui tremblent, les yeux qui luisent, les muscles raides, douloureux. Puis elle finit par tendre une main gantée qu'il saisit avec maladresse. Il la voit même esquisser une grimace, car ses doigts broient les siens, comme on serre une main d'ouvrier.

– Monsieur le ministre est servi !

La voix de l'huissier les fait revenir sur terre. Gustave lâche la main d'Adrienne comme un tison brûlant, et détourne violemment les yeux. Il tombe nez à nez avec Lockroy, qui passe son bras sous le sien.

– Je suis enchanté de vous avoir sous mon toit, cher ami. J'espère que vous aimez les écrevisses ?

Adrienne de Restac n'a pas bougé.

Quand son mari s'approche, il doit la secouer pour la tirer de la torpeur.

– Tu n'as pas faim ?

– Si, si…

– 12 –

Bordeaux, 1859

Adrienne et Gustave marchèrent un long moment, en silence. Le son du piano fut bientôt couvert par le chant des oiseaux, les bruits de la forêt, des murmures dans les fougères, ou juste les bourrasques d'un vent tiède qui caressait les arbres. Gustave se sentait mieux. Il avait toujours préféré les tête-à-tête. Il n'y a guère qu'au travail qu'il aimait la vie de groupe. Diriger un chantier, donner des ordres, trancher, choisir : il savait faire. Mais lorsque les choses devenaient privées, intimes, Eiffel perdait ses moyens et la pudeur refaisait surface.

– Vous êtes bien silencieux.

– Je pourrais vous faire le même reproche.

– Je suis une femme, je parle avec les choses, dit-elle de façon énigmatique. Je n'ai pas besoin de mots.

– Parce que les hommes en sont incapables ?

Adrienne s'arrêta et s'adossa au tronc d'un grand pin, levant son visage vers les plus hautes branches.

– Regardez Edmond : vous le croyez capable de comprendre la poésie de cet endroit ?

– Edmond n'est pas un homme, c'est un sot.

Adrienne sourit, mais fronça un instant les sourcils, curieuse de voir jusqu'où Gustave pousserait la familiarité.

– Enfin, vous parlez à cœur ouvert. Et mon père ? Vous le trouvez poétique, mon père ?

– Il n'est pas poétique, nuança Eiffel, de moins en moins sûr de lui, il est riche.

Adrienne se raidit, une ombre traversa son visage, puis elle retrouva son sourire. Gustave sentit monter une inquiétude sourde, comme si cette promenade en forêt était un piège. Mais lorsque Adrienne redevint elle-même, toute angoisse s'évapora. Quelle curieuse femme ! Et quelle étrange journée…

– Vous avez raison, l'argent salit tout… Si je pouvais, je m'en passerais volontiers.

Gustave musela la moindre saillie qui aurait été déplacée ou mal perçue. Il ne connaissait pas assez Adrienne et avançait à l'aveugle. Les voilà tous deux assis au pied du pin, épaule contre épaule, posés dans cette herbe moussue qui sentait le printemps et la vie.

– Tenez, fit-il en sortant un paquet de sa poche intérieure.

Adrienne le saisit avec curiosité.

– C'est vrai que c'est mon anniversaire, dit-elle en tirant le ruban de soie.

Découvrant un livre très technique sur l'ingénierie, elle ne put masquer sa surprise.

– Vous auriez peut-être préféré un éventail ? Ou un mouchoir ?

Sans quitter le volume des yeux, qu'elle ouvrit et dont elle commença de couper les pages avec la pointe d'une épingle tirée de ses cheveux, Adrienne répéta « un mouchoir… ».

Longtemps elle manipula le livre, comme un écrin dont on n'ose découvrir les bijoux. Puis elle en lut la première page, sourcils froncés, un charmant pli au coin de la lèvre alors qu'elle achoppait sur des termes, des notions.

Gustave était aux anges. Voilà l'instant qu'il espérait depuis ce matin en se préparant pour cette fête où personne ne l'attendait, sinon cette jeune femme entrevue l'espace d'un déjeuner. Et là, enfin, Adrienne était à lui, pour lui. La voir peiner sur ce chapitre, tenter de s'y plonger avec un effort de communiante, valait toutes les valses du monde. Mieux : c'était encore plus fort, encore plus rare qu'un baiser. Car ce n'était qu'à eux, comme cette lumière qui filtrait par-delà les feuilles, comme cet oiseau qui s'était posé juste au-dessus d'eux, sur la première branche du tronc, et chantait au soleil la joie de le retrouver.

– J'adore votre cadeau, dit enfin Adrienne en reposant le livre dans l'herbe, groggy de ces mots si étranges.

– Vraiment ?

– Il ne ressemble à aucun autre cadeau. Comme vous.

– Comme moi ?

– Oui. Vous, vous êtes… différent…

Autant lui envoyer une flèche en plein cœur.

D'un mouvement brusque et presque enfantin, Adrienne se pencha vers lui et posa un baiser sur sa joue.

Gustave en fut tétanisé. Tout à coup, l'oiseau chantait plus fort, les arbres ronronnaient, le vent devenait une musique aussi harmonieuse, aussi dionysiaque que le galop d'Orphée. Pour Eiffel, tout était nouveau. Adrienne venait de l'attirer dans un nouveau monde, comme la main du noyé le happait vers le fond du fleuve. Mais il n'était pas question de noyade. Eiffel respirait comme jamais. Il lui semblait que la forêt entière entrait dans ses poumons.

Croyant ce geste naturel, il se pencha sur Adrienne et voulut lui rendre son baiser.

Sur le visage de la jeune femme passa une terreur subite. Blafarde, elle se dégagea d'un bloc et se redressa, époussetant sa robe.

– Je vais être froissée, maintenant.

Gustave était défait, incapable de dire un mot. Il tenta de marmonner une excuse, de se justifier pour ce qu'il pensait être naturel. Mais aucune parole ne franchit ses lèvres.

Désemparé d'une telle impuissance, il n'avait d'autre issue que la fuite. C'est pourquoi il courut dans les bois, songeant qu'il finirait bien par rejoindre l'entrée. L'essentiel était de ne plus croiser le regard de cette femme. Jamais !

Adrienne était tout aussi peinée. Elle reprenait ses esprits en voyant l'ingénieur s'enfoncer dans les fougères.

– Attendez !

Eiffel ne se retourna pas et disparut en direction du soleil.

– Adrienne ! fit une voix, du côté de la serre.

– Je suis là, cria-t-elle après un moment d'hésitation.

– Le gâteau !

– J'arrive !

Dans une petite flaque au pied d'un arbre, Adrienne vérifia sa coiffure. Puis elle s'imposa un sourire désarmant. Enfin, elle courut souffler ses bougies.

– 13 –

Paris, 1886

Lockroy n'a pas menti : ses écrevisses sont un régal. Le chef du ministère a fait ses classes chez Escoffier, à Lucerne, et a tout d'un maître queux.

Il est d'ailleurs amusant de contempler cette assemblée de gens élégants, si bien mis, aux manières affectées, dépiautant les crustacés à pleines mains.

Les convives n'en sont pas moins passionnés par le débat du jour : quel monument serait le plus à même de glorifier la France pour la prochaine Exposition universelle ? 1889 n'est pas une date anodine. On y célébrera le centenaire de la Révolution française, c'est-à-dire de la République. Une République si malmenée en un siècle : giflée par la Restauration, deux empires, des guerres, un siège, une amputation sauvage, tant d'humiliations. Voilà pourquoi cette République, troisième du nom, doit sortir grandie, majestueuse, de tant d'avanies. Colosse aux pieds d'argile, elle a besoin de symboles qui clament à la face du monde qu'elle ne vacillera plus. Tricolore et lumineuse, la France est un phare et le restera.

Bérard rappelle alors ce projet d'une grande colonne, mais Lockroy n'y croit guère.

– Une colonne de granit, franchement, c'est triste. Nous avons déjà la Bastille et Vendôme.

Les convives opinent tous dans leurs écrevisses.

– Il faut aller plus loin, reprend Lockroy en faisant signe à un maître d'hôtel de resservir du pommard. Il faut chercher le défi, le panache…

À nouveau les convives acquiescent, enchantés qu'on remplisse leur verre.

Depuis le début du repas, Eiffel n'a pas ouvert la bouche. Figé dans un sourire sec, il balaye la table comme un tableau sans charme. Parfois, Restac tente de retenir son attention, mais l'ingénieur ne le voit pas. Son visage ne s'anime que lorsqu'il croise celui d'Adrienne, assise de l'autre côté de la grande table. Eiffel se fait pourtant un point d'honneur à ne pas la scruter, quand tout en lui voudrait connaître la moindre inflexion de ses traits. Personne ne doit remarquer son trouble. Personne !

– Eiffel ?

Gustave sursaute, se croyant pris sur le fait.

– Gustave est souvent dans la lune, plaisante Restac, gêné. À force de construire en hauteur, il est toujours dans les nuages.

Nouveau gloussement général, car on goûte la saillie. Seule Adrienne lève les yeux au ciel, agacée par tant de platitude ; hormis Gustave, personne ne le remarque.

– Monsieur le ministre ? finit par articuler Eiffel.

– Restac me dit que vous regorgez d'idées sur le sujet…

Eiffel est heureux de cette diversion.

– Antoine vous l'a sans doute dit, je suis partisan de construire un réseau de chemin de fer métropolitain, comme à Londres ou Budapest.

La déception se lit aussitôt sur le visage du ministre qui prend les convives à témoin.

– Le « métro », ça ne fait rêver personne, voyons.

Nouvelle confirmation générale, dans un bruit d'écrevisses.

– Après la défaite de Sedan, ce qu'il faut à la France, c'est quelque chose d'aussi fort que ce que vous avez fait pour les Américains.

De façon assez comique, le ministre tend le bras en hauteur et brandit son verre comme un flambeau.

– La statue de la Liberté : quel symbole magnifique !

Gustave Eiffel affecte une modestie un rien forcée.

– C'est l'œuvre de Bartholdi, monsieur le ministre.

Lockroy repose son verre puis, après un temps d'hésitation, le reprend et le vide. Son œil n'en est que plus égrillard.

– Tout le monde sait que si cette statue tient debout, c'est grâce à toi, Gustave, objecte Restac.

Jusqu'ici limitée à des petites messes basses, la femme de Lockroy – fière quadragénaire au regard coquin – se tourne vers madame de Restac.

– Et vous, Adrienne, qu'en pensez-vous ?

Eiffel sursaute. À nouveau leurs regards se croisent et Gustave a peur. Il va entendre sa voix.

– Je pense comme Édouard, répond Adrienne en fixant la femme du ministre de ses grands yeux de chat. Le métro, c'est triste, invisible, souterrain…

Puis, se tournant lentement vers Eiffel, elle ajoute d'une voix de plus en plus déterminée :

– Il faut voir plus haut. Plus libre. Plus *audacieux*…

Ce dernier mot est comme une banderille plantée dans la mémoire de l'ingénieur. Eiffel n'en est que plus glacial. Il soutient le regard d'Adrienne avec hostilité. Elle hausse les épaules et prend maladroitement son verre qu'elle boit d'une gorgée.

– Oubliez le métro, fait Lockroy. Donnez-nous un monument. Un vrai, un beau, un grand. Quelque chose qui sera pour la France une revanche sur l'Histoire.

– Une revanche, vraiment ? répète Eiffel en fixant à nouveau Adrienne. Vous pensez qu'une revanche soit encore nécessaire, après toutes ces années ?

La remarque choque le ministre.

– Vous plaisantez ? Cela ne fait que quinze ans. À l'échelle de notre pays millénaire, c'est une goutte d'eau…

Le silence tombe sur la table comme une poix. Tous les convives sont embarrassés, car aucun ange n'était prévu au menu. Mais nul n'ose briser la glace, craignant de prendre une volée de bois vert. Lockroy rumine sous sa moustache, se demandant pourquoi Restac a tant insisté pour inviter ce paltoquet.

Eiffel commence à s'amuser. Enfin il se passe quelque chose ! Une pointe d'excitation lui tord le ventre alors que Restac semble inquiet du tour que prend le dîner. Mais Gustave lui offre une expression apaisante, comme on dit : « Rassure-toi, je sais ce que je fais. » Puis il sourit légèrement à Adrienne avant de murmurer, de façon presque inaudible, comme un orateur cherchant à capter son auditoire :

– Une tour…

– Pardon ? fait Lockroy.

– Une tour de trois cents mètres.

Le ministre retrouve sa couleur.

– Trois cents mètres ? Vous n'y allez pas de main morte. En métal ?

– Entièrement en métal.

Restac est effaré. À quoi joue Gustave ? Mais Lockroy se prend au jeu.

– Vous devenez intéressant, Eiffel.

Le journaliste passe aussitôt de l'effroi à l'enthousiasme.

– Je vous l'avais dit, Édouard. Gustave est un type étonnant…

– Je vois ça, fait le ministre en plongeant ses lèvres dans le pommard. Mais encore, Eiffel ?

– J'ai une condition, poursuit l'ingénieur.

Le ministre éclate de rire.

– Je sens qu'on va parler d'argent !

Eiffel hausse les épaules avec mépris. Adrienne ne perd pas un mot de l'échange.

– On oublie Puteaux et la banlieue.

– C'est-à-dire ?

– Je veux ma tour en plein Paris. Je veux que tout le monde puisse la voir et en profiter. Les ouvriers comme les bourgeois…

La phrase a été dite avec tant de hargne que le ministre se raidit. Mais il est séduit par la flamme de l'ingénieur.

– Ce sera un lieu pour les grandes familles et les gens simples. Ce qui sera moderne, c'est cette abolition des frontières de classe. Vous voulez célébrer la Révolution française, non ?

Gustave comprend qu'il a parlé sans quitter le regard d'Adrienne, dont les yeux se sont enflammés.

– Tant que vous ne coupez aucune tête, vous êtes mon homme, Eiffel !

Les convives applaudissent et les verres tintent de pommard. Adrienne est illuminée d'un sourire plus large que la Seine.

*
* *

Antoine de Restac est hilare. Le pommard aidant, il lui semble avoir passé toute la fin du repas à rire. Si le dîner avait commencé de façon houleuse, il est ravi de son issue.

Le ministre a un projet, Gustave un travail, et lui, l'intrigant, le comploteur, le tireur de ficelles, a joué son rôle de marionnettiste. Décidément, la vie parisienne a du piquant.

– Tu es assez renversant, Gustave, dit-il en aidant son épouse à enfiler son gros manteau.

Un serviteur leur ouvre la porte menant au perron, et un courant d'air glacé gifle leurs visages. Cette fraîcheur soulage Adrienne qui ferme les yeux et se laisse caresser par le froid. Gustave reste en retrait, fuyant, mais il n'a pas trouvé d'autre moment pour quitter le salon de Lockroy.

– On vient dîner pour un métro et on repart avec une tour. Comme magicien, tu te poses là !

Nouvel éclat de rire, tandis que tous trois s'engagent dans l'allée de gravier menant à la rue. La nuit est froide et sèche. Au-dessus d'eux, les arbres dénudés se découpent dans le noir, pesant comme une menace. Quelques étoiles se frayent un passage, timides, et Gustave songe que, de sa tour, on les verra mieux.

Il est tiré de sa torpeur par une grande tape qu'Antoine vient de lui donner dans le dos. L'ingénieur en trébuche.

– Il a toujours été comme ça, Eiffel, dit-il à sa femme. Imprévisible. Je l'adore !

Crispée, Adrienne ose un regard vers Eiffel, qu'elle évite depuis qu'ils sont tous les trois ensemble.

Les becs de gaz offrent à la chaussée leur lueur de vivarium. Les immeubles haussmanniens dorment depuis longtemps. Au loin, un cheval hennit.

– On te ramène, Gustave ?

– Merci, je vais marcher… ment-il en songeant qu'il va peiner à trouver un fiacre aussi tard. Mais il est hors de question de tenir plus longtemps la chandelle.

– Laisse-moi quand même te montrer mon automobile. C'est un prototype à l'essai. Tu verras : elle est splendide…

Avant même qu'Eiffel puisse se défausser, Antoine disparaît dans la nuit en fredonnant « Sentinelles, ne tirez pas. C'est un oiseau qui vient de France… »

Gustave redoutait cet instant ; il avait tout fait pour l'éviter. Allons, il suffit d'attendre ; ce n'est qu'un mauvais moment à passer.

Adrienne se dit-elle la même chose ? Eiffel se garde de le vérifier. Il la fuit comme la méduse. Surtout ne pas se retourner ! Fixer ce point dans la nuit, là-bas, par-delà les Invalides.

– Regarde-moi…

La voix a brisé le silence. Gustave reste immobile.

Il fallait pourtant s'y attendre.

– Regarde-moi, insiste-t-elle en s'approchant de lui.

Il sent sa présence à sa gauche. Malgré la nuit, le froid, il croit qu'un incendie vient d'éclater. Étouffant ! Et lorsque la main d'Adrienne se pose sur son épaule, la brûlure est intolérable. Il parvient pourtant à se reculer sans violence, comme un pas chassé.

Parler lui demande un effort considérable.

– J'espérais vraiment ne jamais vous revoir.

Adrienne reçoit la phrase comme une balle, mais reste impassible. Elle affecte même une forme de désinvolture mondaine, hautaine, et reprend la pose, immobile face à la nuit.

Lorsque l'automobile arrive enfin, elle souffle de soulagement.

Antoine saute fièrement de l'étrange engin qui cahote et fait un bruit du diable. Puis il s'étonne :

– Eh bien, où est-il ?

Adrienne reprend vie et regarde autour d'elle : Eiffel a disparu.

– 14 –

Bordeaux, 1859

La journée avait été longue. Sur le chantier, l'ambiance était tendue, car un ouvrier avait bravé Pauwels pour une histoire de prime. Ils en étaient venus aux mains et Gustave avait dû les séparer.

– Vous prenez la défense de vos hommes, mais nous savons où vont vos préférences, Eiffel… avait grogné Pauwels, qui tirait sur ses manches comme s'il voulait les repasser.

Il avait été offusqué que l'ingénieur aille lui-même faire des réclamations à son fournisseur en bois ; et il n'en avait été que plus humilié lorsque Bourgès avait obtempéré, conseillant à Pauwels de sécuriser les échafaudages, sans tarir d'éloges sur le jeune homme. Depuis, il se méfiait de Gustave comme d'un espion.

Eiffel s'en moquait. Tout cela était bien futile. Pauwels se serait pourtant gaussé s'il avait vu le jeune homme traverser les sous-bois, déchirer ses vêtements, escalader un mur puis couper à travers champs, ses beaux habits dans la boue pour ne pas croiser l'œil d'une belle qu'il n'avait pas su comprendre. Depuis l'anniversaire, l'ingénieur ne pensait plus qu'à son chantier, ses poutres, la sécurité des ouvriers ; rien d'autre… Surtout pas à Adrienne Bourgès…

Il lui arrivait même de dormir dans la petite baraque, en retrait du fleuve, qui lui servait de bureau et où il entreposait ses plans et ses instruments de mesure. La vue y était plus jolie que dans son galetas du centre de Bordeaux. Au moins y avait-il le calme de l'eau, et puis ce charmant ponton de bois qui avançait vers le large, où il pouvait s'asseoir, jambes dans le vide, pour regarder la lune se refléter dans la Garonne.

Elle venait d'ailleurs d'apparaître. Depuis quelques nuits, le ciel était couvert. Mais ce soir, l'astre rond et blanc jaillissait de l'horizon et grimpait dans le ciel, telle une montgolfière de plâtre. Un instant Gustave la regarda, comme on dit bonsoir à un proche avant de filer au lit, puis marcha vers la cabane de bois. Il faisait tout à coup si frais qu'il frissonna et croisa les bras.

– Bonsoir…

Eiffel sursauta.

Cette voix. Et ces yeux, dont l'aura féline était accrue par la lune.

– Bonsoir, répondit-il, feignant l'indifférence.

Elle était debout devant la porte, enveloppée dans un châle.

– Vous avez froid, dit-il en déverrouillant à l'aide d'un épais trousseau de clés. Entrez…

*
* *

Adrienne observait l'endroit, comme si elle y cherchait un indice, une clé. Ce n'était qu'un lieu de travail, mais elle aperçut une pile de vêtements, un blaireau, un rasoir, un peigne et puis cette paillasse où reposaient trois couvertures à peine pliées. Eiffel se sentit mis à nu, mais n'en conçut pas que de l'embarras. Elle l'observait, par objets interposés.

Il aurait pu arguer qu'il avait un appartement en ville, mais à quoi bon ?

L'ingénieur posa ses affaires sur la grande table déjà couverte de dessins, de plans, de règles et désigna l'unique chaise à son invité.

– Merci, dit-elle en faisant voleter les boucles de ses cheveux, je ne suis pas fatiguée.

Elle s'avança alors vers la table et se pencha sur les plans de la passerelle. La lumière était si faible – une simple lampe pigeon que Gustave venait d'allumer – qu'elle dut s'aplatir contre les grandes feuilles, dans un mouvement que la pénombre rendait ambigu. Gustave était là, juste derrière cette jeune femme dont il voyait la silhouette offerte, presque indécente, à un pas de lui.

– Vous savez, je l'ai lu, votre livre, dit-elle sans se retourner.

– Ah oui ?

– Je n'ai pas tout compris, mais je l'ai lu…

Eiffel devait se dompter, ne pas tendre le bras, la main, alors que là, juste là…

– Il y avait un dessin de ce genre, ajouta-t-elle en laissant ses doigts glisser sur le croquis d'un pilier. Ah, mais je le reconnais, ce pilier, à quoi sert-il ?

Adrienne se redressa avec une grâce étrange. Lorsqu'elle se retourna, la pièce gagna en clarté.

– Adrienne, pourquoi êtes-vous ici ?

Posant ses paumes sur le rebord, Adrienne prit appui contre la table, cambrant son dos dans une pose encore plus provocante. Son visage disait pourtant le contraire : elle semblait timide et perdue.

– L'autre jour… à mon anniversaire…

Eiffel se recula, mais ne détourna pas les yeux.

– Je suis désolé, fit-il sèchement, nous ne nous étions pas compris…

– Mais si ! glapit-elle. Enfin non, c'est moi. Je veux dire : c'est moi qui suis désolée, qui vous demande pardon…

Gustave n'aimait pas la voir si maladroite. Il la préférait impavide, indifférente, inaccessible. Brusquement, elle semblait une fillette.

– Il n'est pas question de pardon, dans ce cas, Adrienne. Nous sommes désolés tous les deux. Les torts sont partagés.

La jeune femme était blessée par sa raideur. Elle n'avait pas traversé la ville, de nuit, comme une fugitive, pour être accueillie avec tant de froideur. Méritait-elle cela ?

– Vous vous moquez de moi, murmura-t-elle, les lèvres tremblantes, alors que ses yeux s'ourlaient de larmes.

Eiffel aurait dû être attendri, mais il savait que la jeune femme était comédienne. Elle était pourtant là, devant lui, se retenant de pleurer.

– Mais non, concéda-t-il en soupirant, je ne me moque pas. Vous êtes… il sembla chercher ses mots… Vous êtes très charmante.

Autant la gifler.

– Très charmante, répéta-t-elle.

Gustave comprit qu'il venait de lui faire de la peine, et s'efforça de prendre un ton apaisant.

– Adrienne, on ne se connaît pas. On ne s'est vus que trois fois…

– Il ne m'a fallu que la première !

Devant ce cri du cœur, Eiffel sentit ses réticences tomber une à une. Elle s'était avancée, juste devant lui, comme si elle défiait son indifférence. Elle ne jouait pourtant plus les séductrices du dimanche. C'était bien Adrienne Bourgès qu'il avait face à lui. La fête était finie, le madrigal aussi. La jeune femme était chez lui, pour lui.

Mais c'était trop. Tout cela ne servait à rien. Malgré la beauté renversante de cette jeune femme qu'il aurait pu cueillir comme le plus joli des fruits, il avait passé l'âge de jouer à cache-cache.

Prenant son courage à deux mains, il parvint à se reculer et, d'un geste trivial, commença à ranger une petite armoire de l'autre côté de la pièce.

– Il y aura un autre anniversaire, Adrienne. La même musique, les mêmes cornets de glace. Et puis un homme qui aura fait le tour du monde en montgolfière. Il sera « différent », lui aussi. Vous l'inviterez, il y aura des jeux. Vous serez… ce que vous êtes…

– C'est-à-dire ? fit Adrienne dans son dos.

Trouvant trop lâche de ne pas le lui dire en face, Gustave se retourna.

– Une charmante enfant gâtée.

Adrienne était blafarde. Elle avait une raideur de statue, comme si son corps était sans vie. Seuls ses yeux luisaient, inondés de larmes.

– C'est ce que vous pensez de moi ?

Gustave était désemparé. Il n'avait rien voulu de cela. Là, en cet instant précis, il aurait voulu la prendre dans ses bras, lui caresser les cheveux, la rassurer, lui dire que tout irait bien. Mais il savait que c'était inutile.

– Je n'ai pas envie de jouer, avoua-t-il, la mort dans l'âme, n'en pensant pas un mot. Sa conscience parlait, pas son cœur.

Adrienne reçut cette nouvelle balle sans broncher. Tout juste tressaillit-elle avant de marcher jusqu'à la porte. Il fallut moins d'une seconde pour qu'elle disparaisse dans la nuit qu'un nuage venait de rendre très profonde.

– Idiot, murmura Eiffel, serrant ses poings à les briser.

Lorsqu'il entendit le bois grincer, Gustave frémit.

– Adrienne, où allez-vous ?

Pas de réponse, mais le bruit d'un pas mal assuré qui provenait de la rive.

« Mon Dieu, le ponton ! », songea-t-il en se précipitant dehors.

– Adrienne ? Qu'est-ce que vous faites ?!

– Je joue… fit une voix étouffée.

Au même instant, la lune jaillit des nuages.

Alors il la vit.

Ce fut comme une apparition. Un de ces tableaux oniriques dont raffolent les Allemands.

Adrienne semblait flotter devant lui, là-bas, au bout du ponton : les bras en croix, le regard incendiaire, cet étrange sourire fataliste, résigné. Et puis cette impression de force, d'insolente liberté qui se dégageait de son sourire.

La chute fut lente, décomposée.

Le corps qui part en arrière, aussi léger qu'une plume. Le regard qui ne quitte pas celui d'Eiffel, malgré la nuit. Et puis l'eau qui semble s'ouvrir pour elle, accueillante, suave, délicieusement cannibale.

– 15 –

Paris, 1886

Revoir Adrienne. Eiffel ne pense qu'à cela. Depuis des semaines…

Dès qu'il lève le nez de ses plans, dès qu'il délaisse les croquis de cette fameuse tour de trois cents mètres qu'il s'est engagé – presque par forfanterie ! – à bâtir, sa silhouette remonte. Son sourire immense, ses yeux de chat, et cette morgue joyeuse, ironique et méprisante. Quelle fut sa vie, depuis toutes ces années ? Ce qu'elle est devenue. Ce qui s'est passé ? Comment elle a rencontré Restac ? Par quel hasard extravagant tous deux se sont rencontrés, plus, mariés ? Gustave ne veut pas savoir. Il voudrait ne jamais avoir recroisé sa route, repousser les souvenirs au plus profond de sa mémoire. Que son prénom, jusqu'à sa première lettre, soit banni de sa conscience.

Et pourtant…

Et pourtant il vient si souvent rôder dans ce parc Monceau qu'il avait toujours affecté de dédaigner.

– C'est un zoo de nantis, aime-t-il à répéter, lui qui préfère les atmosphères populaires que l'on trouve à Montsouris ou aux Buttes-Chaumont.

La Plaine-Monceau est un quartier trop clinquant, qui dégueule d'argent, et Gustave s'en méfie. Il est en cela bien hypocrite : ses parents ne l'ont pas élevé dans la fange, à Dijon ils étaient d'authentiques petits-bourgeois ; et il vit désormais dans un confort qui n'a rien à envier à ces familles qui arpentent les allées du parc. Ces nurses anglaises rappellent celles qui ont poussé les landaus de Claire, puis d'Églantine, d'Albert… Ces couples élégants et un rien compassés sont si proches du jeune ménage Eiffel, bras dessus, bras dessous, lorsqu'ils allaient se promener en tête à tête. La simple idée de Marguerite noue le ventre de Gustave. Si elle était encore là, elle l'aurait protégé. Elle l'aurait rappelé à ses devoirs, à ses principes. Las, il se sent désormais sans filet. À qui peut-il en parler ? Compagnon ne comprendrait pas. Claire est trop jeune. Pas Restac, tout de même ? Ce serait le monde à l'envers ! Et voilà notre « poète du métal » qui s'en vient rôder sous les arbres, qui se pose sur les bancs, le cœur battant, comme le pèlerin espère entrevoir un miracle.

Leur maison est là, devant lui. Un de ces superbes hôtels particuliers qui bordent le parc Monceau. Eiffel savait que Restac avait du bien, mais de là à vivre dans le quartier le plus huppé de la capitale ! Il a bien compris que le couple n'habitait pas un simple appartement. Depuis trois semaines qu'il vient ici, il les a souvent aperçus, du rez-de-chaussée à l'étage des domestiques, qui passaient derrière les vitres. Parfois c'est Antoine qui ouvre une fenêtre et contemple la vue. D'autres fois, c'est elle qui s'adosse à la vitre, ferme les rideaux, avec ses gestes gracieux et cette démarche étrangement désinvolte.

– Est-ce que je suis envoûté ?

Gustave a parlé tout haut et une petite dame, assise sur le banc à côté de lui, occupée à donner des miettes à des pigeons, l'observe avec surprise.

Une ombre se poste alors devant lui.

– Mon ami ! Mais qu'est-ce que tu fais dans ce quartier ?

Gustave tressaille : il devait s'y attendre. À force de jouer les espions, le voilà pris à son propre jeu. La surprise de Restac est joyeuse et sincère.

– On ne se voit pas pendant trente ans et maintenant tu es partout…

– Je… je suis enfermé tout le temps. Ça me fait du bien de marcher un peu.

Embarrassé, Gustave se lève et tend la main à son vieux camarade. Mais Restac le saisit aux épaules et l'embrasse chaleureusement.

– Tu sais que j'habite juste ici ? fait-il en désignant l'hôtel que Gustave épie depuis maintenant trois semaines.

Tout lui paraît piteux. Eiffel se sent si enfantin. Il aurait été si simple de prendre le taureau par les cornes, d'envoyer un bristol, une invitation. Il n'a pas revu Restac depuis le dîner chez Lockroy et le journaliste n'a pas ménagé ses efforts pour faire parler du « projet Eiffel » dans la presse. C'est bien simple, cette « Tour de 300 mètres » passionne bien plus le public que les grèves à Decazeville ou les déclarations de Boulanger, le nouveau ministre de la Guerre.

– Tu as vu combien notre petite conspiration porte ses fruits ? demande le chroniqueur en donnant une nouvelle tape dans le dos de Gustave.

– N'oublie pas que je travaille d'arrache-pied, rétorque Eiffel, embarrassé. Lockroy aura sa tour.

– Je te fais confiance, mon Gustave. D'ailleurs, puisque tu es là, nous allons fêter ça. Tu viens boire un verre à la maison ?

Eiffel est trop surpris pour oser répondre non.

*
* *

Gustave est électrique. Sa raison lui hurle de ne pas suivre Antoine, ne pas entrer dans cette maison, ne pas laisser son manteau à ce maître d'hôtel noir qui s'incline devant lui. Peine perdue… L'instinct est le plus fort et il se laisse porter. Il s'efforce juste de ne pas laisser paraître son trouble, fait semblant de s'intéresser aux propos de son ami, qui s'excuse avec fausse modestie pour certains éléments du décor.

– Cela doit te paraître conformiste et bourgeois, mais je dois dire qu'on est très bien, ici, fait-il en ouvrant la porte d'un grand salon.

Impression étrange d'être passé de l'autre côté du miroir. Depuis plusieurs semaines, il est familier de cette pièce sous un autre angle. Il reconnaît cette plante, dont il découvre le pot. Il identifie cette fresque orientaliste, dont il voyait un bout – le torse d'une almée – depuis le jardin. Et puis il aperçoit le petit banc qu'il a souvent occupé. La vieille dame n'en a pas bougé, ceinturée par son armée de pigeons.

– Je dois dire que la vue est superbe, murmure Antoine en ouvrant la fenêtre. C'est cela qui a séduit Adrienne…

Gustave se raidit. Une sueur coule sur sa nuque.

– Elle… est là ?

– Adrienne ? réplique Antoine en débouchant une bouteille de cognac. Non, elle est sortie. Le mercredi elle va souvent dans des musées, avec des amies.

Gustave ne sait s'il est soulagé ou dépité. Les deux, sans doute.

– À ta tour, mon Gustave ! fait Antoine en levant son verre.

– Dieu t'entende, rit Eiffel, pris d'une étrange ivresse.

Restac se laisse alors tomber sur un canapé.

– Tu sais qu'Adrienne t'admire beaucoup ?

– Ah oui ? tressaille Eiffel, qui commence à se demander si son ami ne joue pas avec lui. L'ingénieur se sent alors obligé de préciser qu'il ne la connaît pas.

– Je sais bien, mais elle a lu un de tes bouquins. Quelque chose de très technique.

– Elle l'a acheté après notre dîner ?

– Pas du tout. Il était depuis des années dans sa bibliothèque.

Le cœur de Gustave s'emballe.

– Adrienne est une femme étonnante, poursuit Restac sans rien remarquer. Elle s'intéresse à tout. Elle aurait pu tout faire si elle n'avait pas eu…

Antoine s'interrompt, car une sonnette a tinté dans l'entrée. Le maître d'hôtel s'introduit dans la pièce.

– Le rendez-vous de monsieur…

Antoine se frappe le front du revers de la main.

– Quel idiot ! J'avais totalement oublié.

Il se lève et s'avance vers Eiffel.

– Je suis confus, je dois absolument recevoir ce gêneur. Il m'attend dans mon bureau, à l'étage. Tu ne m'en veux pas ?

Gustave sent remonter le soulagement.

– Je vais y aller aussi.

– Prends ton temps, ami, fait Antoine en repoussant Gustave, qui se retrouve assis dans le grand canapé. Pars quand tu veux, ressers-toi du cognac, repose-toi un peu. J'adorerais te dire de nous attendre, mais Adrienne va directement à un dîner où je la rejoins. Mais reste : tu es ici chez toi.

À ces mots, Eiffel tourne la tête vers un petit médaillon, sur la table basse, contre le canapé. Deux yeux de chat le fixent ; Adrienne lui sourit.

– 16 –

Bordeaux, 1859

Eiffel croyait revivre la scène de l'accident, au geste près. L'eau qui l'enserre comme une gangue, la violence du froid, le cœur qui perce les tympans. À la seule différence qu'il faisait nuit.

Ses bras fouillaient l'obscurité, brassaient le néant, à la recherche d'Adrienne dont il ne percevait plus l'ombre blanche.

Comment il la retrouva ? Par quel miracle sa main saisit-elle le bras de la jeune femme ? Où puisa-t-il la force de remonter ce corps lesté de jupons ? Eiffel ne saurait dire, car il n'eut pas le temps de penser. L'instinct de survie balaya tout sur son passage : seul importait l'air qui s'engouffrait dans ses poumons lorsqu'il jaillit à la surface.

Adrienne poussa un cri terrifiant. Un hurlement rauque, qui déchira la nuit. Eiffel se rappela le cri de cette voisine, à Dijon, qui avait accouché toutes fenêtres ouvertes une nuit d'été.

Mais la jeune femme se ramollit presque aussitôt, devenant un sac de vêtements humides dans les bras de son sauveur.

Alors qu'il la hissait sur la rive boueuse que la lune muait en plage de sable fin, elle avait commencé de pleurer. Des sanglots sans larmes, aussi secs qu'un désert.

– Vous êtes complètement folle ! Vous vouliez mourir ? Qu'on se noie tous les deux ? Il est là, votre nouveau jeu ?!

Gustave était traversé par tant de sentiments : la colère, la peur, une étrange résignation, et cette impression – douce et douloureuse – qu'Adrienne était la plus forte.

– Je suis désolée, je suis désolée, finit-elle par ahaner d'une voix fluette en se recroquevillant sur elle-même, secouée de spasmes.

Gustave saisit une pièce de toile qui traînait sur le sol, et enveloppa Adrienne. Puis il l'aida à se relever.

– Venez…

Mais Adrienne ne pouvait plus bouger. Elle semblait gagnée par une inquiétante tétanie.

Lui aussi fébrile, Gustave parvint à la prendre dans ses bras.

Lorsqu'ils passèrent le pas de la porte, il songea qu'Adrienne était bien légère.

Une minute plus tard, le feu ronflait dans le poêle. Gustave l'avait bourré de tout ce qui jonchait la pièce – morceaux de tissus, chutes de bois, plans périmés. L'important était qu'Adrienne reprenne vie.

Accroupie devant l'âtre, elle fixait la flamme, sans ciller. Gustave venait de poser sur ses épaules une couverture plus agréable que la toile de la rive, et elle sentait la chaleur regagner ses membres.

– Ça va mieux ? demanda-t-il, soulagé.

Avec un sourire coupable, elle hocha du chef. Puis elle eut une petite contorsion.

Gustave comprit que, sans ôter la couverture, elle retirait ses vêtements trempés. Avec une vraie habileté, sans rien montrer de sa nudité, elle les pendit devant le poêle. Puis elle reprit la pose et sembla gagner en aisance, comme si, enfin, elle pouvait respirer.

– Viens, dit-elle en se tournant vers Eiffel, qui sentait remonter sa timidité et son désir.

Il s'accroupit à côté d'Adrienne, à même le plancher de la cabane, et passa son bras autour de son épaule. De façon très naturelle, elle laissa retomber sa tête et Gustave sentit ses cheveux mouillés qui caressaient sa joue.

Il faisait bon. Le poêle était là, face à eux, complice. Dehors, la lune avait à nouveau disparu, comme si elle voulait les rendre à la nuit.

Lorsque la couverture glissa, l'un et l'autre tressaillirent. À la lueur du feu, Adrienne était le plus beau des fantômes. Plus belle qu'il n'aurait pu l'imaginer. Gustave comprit qu'elle venait, à nouveau, de gagner la partie.

– 17 –

Paris, 1886

Aux Établissements Eiffel, c'est le branle-bas de combat. Lancer l'idée d'une tour de trois cents mètres est bien joli, mais il y a encore beaucoup à faire.

– Je croyais que Lockroy avait donné son accord, s'étonne Compagnon, qui voit son associé passer des nuits entières à reprendre les plans de ce bâtiment, les affiner, leur offrir plus de grâce, plus de poésie.

– Le ministre est d'accord pour que j'en fasse la proposition, et je suis clairement son favori… Il faudra pourtant que j'aille défendre l'idée devant le Conseil de Paris… Il va même y avoir un concours, avec d'autres projets…

Jean n'en revient pas.

– Un concours ? Mais je croyais que tu ne voulais jamais participer à des concours…

Levant un des dessins pour le brandir devant lui, Eiffel répond :

– Certains projets valent bien quelques sacrifices. Et puis Restac se charge de galvaniser la presse. Je te le dis : ce ne sera pas un concours, mais un plébiscite.

Jean Compagnon est surpris par l'assurance de l'ingénieur. Alors que Gustave est toujours à douter, à se remettre en question, il plonge dans cette tour avec une rage frénétique, comme s'il était habité.

L'un et l'autre en ont presque oublié que le projet n'appartient pas encore aux Établissements Eiffel, et qu'il faut faire les choses dans les formes.

Nouguier et Koechlin croient même que Gustave leur fait une farce, lui qui avait tant méprisé leur « pylône » qu'il trouvait si sec.

– Si, si, je vous l'achète.

– Vraiment, patron ?

Lorsqu'il leur propose de reprendre leur brevet à hauteur d'un pour cent du coût des travaux, les deux architectes font un rapide calcul mental – une tour de trois cents mètres, des centaines d'ouvriers, un chantier sur au moins deux ans – et comprennent qu'une occasion pareille ne se retrouvera pas de sitôt !

– Rassurez-vous, précise Eiffel, vos noms seront cités à côté du mien…

Il les prend même aux épaules et se penche sur un des dessins en se réjouissant :

– Cette tour sera la nôtre, mes amis…

Depuis ce jour, Gustave est possédé. Voilà longtemps qu'il ne s'était pas autant approprié un projet. Toutes ses constructions précédentes sont des œuvres collectives. Mais là, brusquement, il veut que cette tour lui appartienne, il veut la posséder. C'est ainsi que le « pylône » de Koechlin et Nouguier prend forme et vie. Les raideurs des premiers dessins s'assouplissent, gagnent en douceur. Dès qu'il est penché sur ses plans, ses croquis, Eiffel a le sentiment qu'il est plus qu'un ingénieur ; il est même plus qu'un artiste en pleine crise d'inspiration : il est un homme habité, enflammé. Comme s'il écrivait une lettre d'amour à ce projet fou, démesuré. Comme s'il devait le convaincre, le conquérir. Surtout, l'ombre d'Adrienne est toujours là qui rôde dans son esprit, à la fois perturbante et stimulante. S'il est quelqu'un à qui il veut prouver qu'il est le meilleur, qu'il est le *seul*, c'est bien elle. Au point qu'il en devient un bourreau de travail, dormant à peine, vidant café sur café, penché sur ses grandes feuilles blanches à s'abîmer les yeux.

Et soudain, alors que son esprit divague un instant dans ses lointains souvenirs, il se prend à dessiner le dos d'Adrienne. Cette magnifique courbe qui cascade depuis sa nuque pour rallier la taille : un galbe presque parfait, aussi beau qu'une statue.

Alors c'est l'illumination, l'évidence : la voilà, sa tour ! Ce n'est pas une ligne droite qui doit mener du pilier au sommet, mais une courbe, incarnée, vivante.

Gustave en devient frénétique, obsédé par ce galbe qui confère au pylône cette fameuse « sensualité » dont il était jusqu'alors dépourvu.

C'est bien simple, il vit, pense, respire par la tour. Les autres projets sont d'ailleurs si délaissés que Compagnon doit maintenir l'équilibre. Certains clients commencent à s'agacer.

– Et monsieur Eiffel, alors ? Plus de nouvelles ?

– Vous traiterez avec moi. Je suis son associé.

– C'est monsieur Eiffel que nous voulons. On nous a vendu un poète du métal, pas un comptable…

– Justement, grince Compagnon, le poète est en pleine crise d'inspiration.

Et c'est vrai. Sitôt à son bureau, Gustave s'immerge dans ses plans ; il considère l'édifice sous tous les angles, envisage les moindres risques, les plus petits détails. Au fond de lui-même, il sait qu'il ne la fait pas que pour lui, cette tour. Il y a quelqu'un, derrière cette fougue, cette jeunesse retrouvée. Mais qu'il se garde bien de nommer. Disons que c'est sa muse, son inspiration. Le reste n'est que souvenir, erreur de jeunesse.

– Elle doit être parfaite, murmure-t-il en vidant un douzième café, les doigts tremblants.

Au bout de quelques jours, il est si fébrile qu'il transperce la feuille avec la pointe de son crayon. Et puis les plans sont presque finis, le reste n'est que fioriture, décoration.

– Demande à Sauvestre de m'habiller tout ça, ordonne-t-il à Jean Compagnon, qui ne bronche pas devant ce ton militaire. Dis-lui de me dessiner des balcons, des galeries, que ce soit un peu moins sec…

– Tu parles de sécheresse… maugrée Compagnon en s'apprêtant à appeler Stephen Sauvestre, l'un des plus remarquables architectes de sa génération. Beaucoup de riches familles parisiennes lui ont déjà demandé de dessiner leurs hôtels particuliers, et il leur a pensé des châtelets à tourelles, des palais des Mille et Une Nuits, des maisons de contes de fées. Une nouvelle tour de Babel sera donc bien dans ses cordes.

– Mais qu'il ne touche surtout pas à la forme, n'est-ce pas ? Ma tour est unique ! Elle ne doit ressembler à aucune autre !

– *Sa* tour, répète Compagnon, exaspéré.

– 18 –

Paris, 1886

Gustave sort de la boutique et se regarde dans le grand miroir qui jouxte la vitrine, dans la rue.

Restac ricane devant cette coquetterie.

– Rassure-toi, tu es superbe !

L'ingénieur ne détourne pas les yeux, scrute la coupe, le tombé des épaules, l'élégance des formes, la qualité des tissus. Dans le reflet, il voit les passants qui descendent la rue de Bourgogne sans ciller. Il est presque déçu que les gens ne s'arrêtent pas pour le complimenter sur son costume. Il comprend alors que tous sont habillés comme lui ; ou plutôt non : il est habillé comme eux.

– La dernière fois que je suis allé chez un tailleur, c'était du vivant de Marguerite, avoue-t-il, songeur, en caressant la doublure de la veste. Depuis c'est Claire qui s'occupe de ça, sans même me demander de l'accompagner. C'est ma petite maîtresse de maison, tu sais ?

Restac pose une main amicale sur son épaule et tous deux se voient dans le miroir, intimidés.

– Regarde-les, les deux étudiants ! plaisante le journaliste. Ils sont devenus de parfaits bourgeois !

Eiffel se cabre, mais il se compare à nouveau aux passants – ce couple qui descend et tourne rue Las-Cases ; ces trois messieurs qui gagnent la place du Palais-Bourbon pour entrer dans l'Assemblée, sans doute des députés. Restac dit vrai : leur époque les a rattrapés et façonnés. Ils sont les parfaits reflets de leur temps.

– Deeeemandez le *Fiiiigaro* !

Un petit crieur de journaux à casquette remonte le trottoir dans leur direction.

– Tiens, justement ! fait Antoine, en achetant un exemplaire au garçonnet, qui lui vend également trois organes concurrents – ce qu'il n'est pas censé faire, mais le gamin fait un clin d'œil à son client et lui propose un « prix de gros » pour l'ensemble.

– Encore un qui sait se débrouiller, rit Antoine en dépliant le premier journal. Ah, ça y est, il est sorti !

Il tend le journal à son ami, qui découvre une double page entièrement consacrée à « Eiffel et sa tour ». Les colonnes, très serrées, sont illustrées d'une photo en pied de l'architecte, devant le viaduc de Garabit, ainsi que de l'un des croquis de la tour enjolivés par Stephen Sauvestre.

L'ingénieur ne peut masquer son excitation. Restac croit voir un homme qui aperçoit l'être aimé au débouché d'une rue.

– Tu as de quoi être content, Gustave. C'est signé Palou, la meilleure plume du *Figaro*.

Eiffel est aux anges et se laisse même aller à relire certaines phrases exagérément laudatives, comme on reprend un verre de Chartreuse.

– Bravo, fait-il en souriant à son ami.

Restac hausse les épaules, jovial.

– Pourquoi donc ? C'est ta tour, pas la mienne.

Eiffel lui tape affectueusement l'épaule.

– Alors merci…

Le journaliste ne relève pas, trop occupé à feuilleter un autre journal. Ils sont maintenant sur la place du Palais-Bourbon, adossés aux grilles qui ceinturent la statue de la Justice. Autour d'eux, les fiacres descendent doucement la rue de Bourgogne, des passants entrent chez le fleuriste qui fait l'angle, toute une petite société huppée, aristocratique, avance sur le trottoir avec des mouvements délicats. Mais les deux hommes sont plongés dans ce qui – Restac l'avait prévenu – ressemble bien à de la propagande.

– Lui aussi, se réjouit Restac devant une double page du *Temps*. Je ne sais même plus ce que je lui ai promis, à celui-là.

Penché sur l'épaule de son ami, Eiffel découvre un autre éloge de son projet pour l'Exposition universelle.

– Tu soudoies tes confrères pour qu'ils parlent de moi ? murmure Eiffel, qui avait compris, mais que la franchise de Restac dérange un peu. Il aime souvent ne pas savoir.

Antoine referme le journal et, d'un coup de menton, désigne la Chambre des députés, face à eux.

– Pour séduire la France, il faut les grands moyens. Et encore je ne te dis pas tout. Une chose est sûre : on va le gagner, ce concours !

Ouvrant les deux derniers journaux – *L'Intransigeant* et *Le Gaulois* –, ils découvrent les mêmes dithyrambes.

– Parfait, conclut Restac, tout ça me semble très bien parti. Tu sais qu'Alphand, le maître d'œuvre de l'Exposition, roule pour toi ?

– Tant mieux, dit Gustave, qui craint tout à coup qu'une campagne de presse trop appuyée n'ait l'effet contraire. Et puis il y aura quand même le concours. Et d'abord je dois convaincre tous les membres de la commission qui seront à mes bureaux dans trois heures…

Restac tourne la tête vers le fronton de l'Assemblée où une grosse horloge indique l'heure de la République. Puis il se recule d'un pas pour considérer son ami en pied.

– Rassure-toi, tu vas tous les séduire.

– Mais il n'y a que des hommes, au Conseil.

Restac prend une pause alanguie.

– Oui, mais ils écoutent leurs femmes. Je ne prends aucune décision sans consulter Adrienne, moi, tu sais ?

Comme s'il venait de se piquer avec une aiguille, Eiffel serre les dents, mais parvient à sourire. Puis il avise à nouveau la pendule et hèle un fiacre qui se gare au coin de la rue de l'Université.

– Ne nous mettons pas en retard…

– 19 –

Paris, 1886

– Je ne suis qu'un homme avec une idée plus grande que lui…

Les douze barbes ne bronchent pas. Raides comme des fusillés, elles écoutent l'ingénieur.

– Je vous demande seulement de me laisser la porter…

Eiffel a le cœur qui bat. Malgré la campagne de presse orchestrée par Restac, il sait que ce plaidoyer est essentiel. Aujourd'hui plus que jamais se joue l'avenir de sa tour. Voilà pourquoi il a fait venir les douze membres de la commission du Conseil de Paris dans ses propres ateliers, à Levallois. Certains ont rechigné, préférant que Gustave vienne à l'Hôtel de Ville, mais la curiosité a été la plus forte. Il doit maintenant les épater, les émerveiller. Et cela commence par des mots. Des mots qu'Eiffel a répétés devant son miroir, devant Claire, devant Restac, devant toute son équipe. D'ailleurs les plus proches sont là, derrière lui, comme l'état-major d'un général. Compagnon, anxieux et crispé ; Claire, qui se retient de saisir la main d'Adolphe contre elle ; mais aussi Koechlin, Nouguier, Sauvestre, les premiers parents du projet ; et enfin Restac, toujours désinvolte, qui a posé une fesse sur le coin d'une console et considère la scène comme s'il était au vaudeville. Dans les bureaux alentour, les collaborateurs suivent un discours muet, car Gustave a fermé toutes les portes.

– Cette tour, messieurs, ce n'est pas la gloire d'un homme ni sa réputation, c'est Paris ! Son rayonnement, sa place dans le monde, et peut-être un peu de son âme.

Un conseiller chuchote à son voisin que cet Eiffel est bien lyrique. Mais voyons ce qu'il a à montrer.

– Imaginez une tour qui s'élance vers le ciel, attirant tous les regards ! Un défi à la gravité, aux éléments, à notre simple condition d'humains.

Si les conseillers avaient regardé Claire, ils auraient vu ses lèvres réciter le discours. Mais ils n'ont d'yeux que pour Gustave, dont l'enthousiasme devient contagieux.

– Cette tour, c'est la confiance retrouvée d'une nation qui relève la tête après le sang et les larmes.

Ce passage cocardier produit son effet et Gustave voit avec soulagement les conseillers rosir de fierté républicaine.

L'un d'eux lève pourtant le doigt, comme un élève.

– Vous n'avez pas peur que ce mastodonte de trois cents mètres fasse fuir les touristes de Paris ?

Eiffel s'avance vers son contradicteur.

– Au contraire ! Les touristes viendront par milliers ! D'Europe et du Nouveau Monde…

Marchant devant la rangée de conseillers d'un pas militaire, il les regarde un à un avant d'ajouter :

– En plus on pourra y dîner, et même y danser.

L'idée en séduit certains, mais d'autres se renfrognent devant ce détail bouffon.

– Comment comptez-vous régler l'affaire du sol ? demande le plus âgé d'entre eux, qui désigne la base du grand croquis que Gustave a affiché, au centre de la pièce. Si près de la Seine, votre « grande merveille » va s'enfoncer…

– …et mettre en péril les alentours, ajoute un autre conseiller, provoquant un concert de regards inquiets.

Gustave garde son calme : il s'attendait à cette question. D'un claquement de doigts, il fait signe à Salles de remplacer le croquis de la tour par un schéma des caissons hydrauliques qui permettront les travaux en sous-sols inondables.

– Pour les fondations, nous avons sondé tous les trois mètres, sur cent cinquante pieds. Un solide banc de calcaire affleure du côté de l'École militaire, donc tout va bien…

Les conseillers s'approchent.

– En revanche, côté Seine, vous avez tout à fait raison : l'ancien lit du fleuve amollit le sol et rend les travaux plus délicats.

L'ingénieur explique maintenant son croquis, décrivant sa technique des caissons hydrauliques. Comme ils creusent en profondeur, l'eau aura tendance à remonter. Grâce à la pression de l'air comprimé, l'eau descendra, sera maintenue sous le niveau des travaux, et les gravats pourront être déblayés à la pelle dans un sas, si bien que les fondations seront cimentées à sec.

Les douze conseillers sont à la fois admiratifs et perdus. Cette technique les dépasse, car elle reste bien abstraite. L'un d'eux se cabre à la simple idée d'un caisson souterrain où l'on utilise de l'air comprimé.

– Mais… ce n'est pas dangereux ?

Gustave rappelle que sa première construction, il y a plus de vingt ans, à Bordeaux, l'a exposé au même défi.

– C'était un pont métallique, que vous avez certainement parcouru si vous êtes descendus en chemin de fer.

Avec un clin d'œil, Eiffel passe le flambeau à Compagnon.

– Messieurs, une maquette est installée en bas, dit l'associé. Cela vous permettra de constater par vous-mêmes, la force de résistance de cette tour.

Comme si on leur offrait une balade en montagne russe, les conseillers emboîtent avec allégresse le pas de Jean Compagnon.

– Bravo, papa, murmure Claire, qui pose un baiser furtif sur sa barbe bien taillée.

– Ce n'est pas encore gagné, répond Gustave, qui voit la petite troupe s'engager dans un escalier en colimaçon très étroit, où tous s'agrippent à la rampe.

L'ingénieur et le journaliste ferment la marche.

– Tu ne m'avais pas dit que tu avais travaillé à Bordeaux… fait Restac.

Eiffel lui offre un regard neutre.

– Le temps de construire une passerelle.

– Quel âge avais-tu ?

Gustave sent monter une gêne. Il n'avait jamais pensé avoir cette conversation avec Antoine, surtout aujourd'hui !

– Vingt-sept ou vingt-huit ans, je ne sais plus…

Restac fait des calculs dans sa tête et demande, sur un ton d'évidence :

– Tu as peut-être connu la famille de ma femme, les Bourgès ?

Gustave sent tous ses muscles se tendre. Ne rien montrer ! Seule importe sa tour, le projet le plus important de sa carrière.

– Ça ne me dit rien, marmonne-t-il.

Puis il accélère le pas et descend quatre à quatre les marches du petit escalier.

*
* *

La maquette est superbe ! Haute de deux bons mètres, elle est conçue dans le métal exact qui sera celui de la tour, et Eiffel l'a fait poser sur une table, au centre de la pièce. Les conseillers la considèrent avec un mélange d'admiration et de doute. Ils l'imaginent grandeur nature, au centre de Paris, à l'orée du Champ-de-Mars. Chacun s'en fait un petit tableau. Les plus convaincus la voient déjà triomphale, orgueilleuse comme la France, bombant le torse. Les plus réticents s'inquiètent de cette structure gigantesque, cyclopéenne, qui détruirait la moitié de la ville si elle s'effondrait !

Deux hommes en blouse blanche tirent alors les rideaux et plongent la pièce dans le noir.

– On se croirait à la *Lanterne magique*, plaisante un des conseillers.

Les autres gardent leur distance, comme s'ils craignaient ce que ce sorcier d'Eiffel s'apprête à faire.

L'ingénieur ne dit rien. Les bras croisés, il assiste à la scène, comme un metteur en scène scrute des acteurs formés pendant des semaines.

Une troisième blouse blanche avance vers la maquette en poussant une machine sur une table roulante.

– C'est un générateur, n'est-ce pas ? demande un conseiller.

Eiffel étouffe un sourire. Certains ont quand même des notions de physique. Puis il tape dans ses mains et se tourne vers les conseillers.

– Messieurs, pour votre sécurité, reculez d'un pas, s'il vous plaît.

Les douze messieurs sont de plus en plus pâles. Malgré l'obscurité, Claire voit l'un d'eux saisir le bras de son voisin. Elle est aux anges et se serre elle-même contre Adolphe, qui est aussi tendu que Compagnon. Une fois de plus, Restac, en retrait, s'amuse sans le masquer et suit l'aventure avec gourmandise.

Eiffel fait un signe aux ingénieurs en blouse blanche, qui actionnent le générateur. Lorsqu'un grand arc bleuté traverse la pièce pour frapper le sommet de la maquette, les douze conseillers sursautent. Ce n'est plus le bras de son voisin que saisit le froussard, mais sa main qui broie la sienne ! Tous ont vraiment cru que les Établissements Eiffel avaient été frappés par la foudre. Une odeur de brûlé se diffuse dans la pièce et Eiffel demande qu'on rouvre les rideaux.

Soulagés que rien ne flambe, plusieurs conseillers s'avancent avec méfiance mais curiosité vers la maquette et le générateur.

– Les paratonnerres plongent dans la nappe phréatique. La foudre pourra frapper tant qu'elle veut…

Les conseillers sont médusés, ne cachant plus leur admiration. Claire donne un coup de coude à Adolphe. Compagnon fait un clin d'œil à Gustave.

Celui-ci gagne manifestement en assurance et fait signe à un nouvel assistant d'approcher.

– Après le feu, l'air… et l'eau.

Le jet frappe la tour de plein fouet. Les conseillers n'ont jamais vu tant de pression sortir d'un simple tuyau. Une eau plus violente qu'un boulet de canon. Mais la maquette ne bouge pas d'un millimètre.

– Ce jet d'eau est l'équivalent d'une bourrasque de trois cent cinquante kilomètres-heure. La conception métallique ajourée a été pensée pour que la tour n'ait quasiment aucune prise au vent.

Nouveau silence admiratif, qu'un conseiller finit pourtant par briser :

– Excusez-moi pour cette question de béotien, mais si vous montez les piliers séparément, comment garantir que la tour sera bien verticale ?

Gustave retient un froncement de sourcils. Tu parles d'un béotien ! Ce doit être Bouglache, un ancien architecte, et le seul membre du conseil qui soit ouvertement partisan du projet concurrent : la grande tour de granit imaginée par Bourdais.

Sans s'émouvoir, Eiffel indique un tuyau, sous le pilier de la maquette.

– Chaque fondation abrite un vérin hydraulique provisoire, et chaque arbalétrier est soutenu par un étai à piston.

Les onze autres membres semblent à nouveau perdus, mais Bouglache comprend précisément ce qu'explique l'ingénieur.

– On actionne les vérins d'en bas, dit Eiffel en mettant en marche une pompe manuelle qui tire de l'eau d'un puits, et on vide le sable en haut.

Eiffel tire un petit bouchon, du sable fin s'écoule du piston… et le pilier penche.

« Oh ! » général des conseillers.

– On règle ainsi l'horizontale et la verticale, comme pour un niveau d'eau.

Eiffel est aux anges : il a vu l'expression admirative de Bouglache. Celui-ci relève la tête et lui dit, avec un ton complice :

– Bravo, Eiffel, vous avez réponse à tout.

Gustave se tourne un bref instant vers ses amis et sa famille qui suivent la scène dans un silence religieux. Puis il flatte la courbe de sa maquette comme on caresse un cheval après une démonstration de haute voltige.

– La vie m'a appris à me méfier des surprises.

Dans sa tête, le sang bat à exploser son crâne. « C'est gagné ! », semble dire une petite voix. Mais une autre, plus grave, plus méfiante, rappelle qu'il reste maintenant l'épreuve finale : le fameux concours…

– 20 –

Bordeaux, 1860

Les amoureux étaient à la fenêtre, le menton posé sur la rambarde, tels deux chiots. Les toits de Bordeaux s'étiraient sous leurs yeux, avec leurs jolies teintes vermillon. Le soleil caressait leurs visages encore humides de leur étreinte. Une légère brise passait çà et là, comme un baiser de soie.

– C'est si bon… souffla Adrienne en fermant les yeux.

Gustave, lui, regardait le soleil en face, et le défiait. Un jour, il construirait une échelle pour y monter ! Avec Adrienne, il se sentait capable de tout. Elle ouvrait les barrières et lui avait permis de voir le monde autrement : plus de profondeur, de sérénité, mais aussi cette flamme, cette énergie que sa seule présence insufflait chaque jour. Comment avait-il pu vivre vingt-sept années sans la connaître ? Parfois, cette question le faisait chavirer. Comme si les années qui avaient précédé leur rencontre étaient gâchées, inutiles. Lorsqu'il lui disait cela, elle éclatait de rire, mais n'osait répondre qu'elle pensait la même chose. Il est des choses qui ne se disent qu'avec les yeux, le corps. Et ce dialogue-là, ils ne s'en lassaient jamais…

– On est quand même mieux qu'à ta cabane, sur le chantier…

Gustave retint une subite nostalgie, comme s'il regrettait déjà les premières heures de leur amour. L'innocence s'était-elle envolée ? Au contraire, mais la magie de cette première nuit, la peur de la noyade, la chaleur du poêle, ces deux corps qui se découvrent sont des choses qui n'arrivent qu'une fois.

– Moi j'y retournerais bien de temps en temps… dit Gustave en suivant le vol d'un pigeon qui alla se nicher dans le clocher d'une chapelle, à quelques rues de son immeuble.

À cette idée, Adrienne se projeta en arrière, comme un ressort, pour atterrir sur le grand lit dont le matelas gémit de douleur.

– Je préfère me noyer dans tes draps, dit-elle avec une pose provocante en remontant le bas de sa chemise de nuit sur le haut de ses cuisses.

Gustave la rejoignit, mais elle se leva et redescendit ostensiblement son vêtement jusqu'aux chevilles.

– J'ai faim ! fit-elle en gagnant les placards qui jouxtaient la porte d'entrée de cette pièce unique.

Gustave la regardait faire, excité et attendri, bien qu'il eût préféré la serrer à nouveau dans ses bras.

Elle brandit une boîte de biscuits.

– Tu n'as rien d'autre ?

– Non.

Adrienne haussa les épaules et ouvrit la boîte, s'empiffrant de gâteaux comme une gamine.

– Quel appétit !

– Je t'ai dit que j'avais faim…

Puis elle revint s'asseoir sur le lit, la bouche pleine.

Du revers de la main, Gustave caressa ses joues gonflées par les biscuits. La peau d'Adrienne était douce comme un fruit.

– Ils sont bons ?

– Pas du tout, rit-elle en laissant des miettes sur les draps.

Gustave épousseta les débris de biscuits, puis se mit en tailleur face à la jeune femme.

– Un jour, je te donnerai… ce que tu veux.

– C'est vrai ? répondit-elle, sincèrement émerveillée.

– Qu'est-ce que tu veux ?

Adrienne perdit sa légèreté pour s'abîmer dans une concentration intense.

– Tout.

– Tout ?

À son tour, Gustave affecta la gravité.

– Je vais t'épouser, tu sais ?

Adrienne fut traversée d'un éclair de joie.

– Moi aussi, tu sais ?

Puis ils éclatèrent de rire en s'enlaçant.

Les amoureux restèrent un long moment sans bouger, le regard perdu par la fenêtre, où le soleil se déplaçait lentement. Tout s'était passé si vite depuis leur première nuit, au bord de la Garonne. En quelques jours, Adrienne avait fait partie de sa vie, et lui de la sienne. Elle avait surtout réussi à l'imposer à ses amis, à ses parents, avec un naturel et une audace confondants.

Adrienne était à ce point lumineuse et volontaire qu'elle désarmait toujours ses contradicteurs.

Eiffel devait bien admettre que, tout bourgeois et conformistes qu'ils étaient, les Bourgès avait montré une étonnante ouverture d'esprit. La première fois qu'elle avait ramené Gustave chez elle, saisissant ouvertement sa main, les parents s'étaient contentés d'un froncement de sourcils qui s'était vite mué en regard complice.

« Et voilà… » avait soufflé Adrienne avant qu'ils n'aillent tous s'asseoir dans le salon pour que Louis Bourgès leur fasse goûter un armagnac qu'il faisait distiller en Gascogne. Et, très vite, il était entré dans leur intimité familiale.

– Gustave, que lisez-vous en ce moment ?

– Eiffel, que pensez-vous de cette remarque de l'Impératrice ?

– Cher ami, aidez-moi donc à préparer cette salade de fruits…

– Dites-moi, l'ingénieur, puisque vous avez l'œil, vous ne pensez pas que cette toiture pourrait avoir un angle plus doux ?

C'est bien simple, Eiffel s'était senti adopté. Pour Adrienne, cette attitude semblait normale. Aux yeux du jeune homme, c'était encore si surprenant qu'il se prenait à douter.

– Tes parents ont l'air de vraiment m'aimer… faisait-il remarquer parfois, lorsque les amoureux se retrouvaient seuls dans la jolie chambre d'Adrienne, après avoir souhaité la bonne nuit aux parents qui les avait regardés monter ensemble avec une vraie bienveillance.

– On dirait que ça t'étonne ?

– Tu es la plus jolie demoiselle de la région, tout le monde te courtise, je ne suis personne et tes parents me traitent comme leur fils.

– Et tu t'en plains ?

Au vrai, Gustave cherchait un brin de compliments. Bien sûr qu'il avait toutes les qualités : il était beau, intelligent, ambitieux et fou d'amour pour Adrienne. La famille Bourgès saurait-elle trouver un meilleur parti ?

Mais de là à lui donner sa main…

Gustave se redressa et marcha jusqu'à la fenêtre. La vision des toits de Bordeaux lui faisait toujours du bien. Comme on se rassure en observant une structure, une mécanique imparable.

Puis il demanda, anxieux :

– Tu penses que ta famille sera d'accord ?

– Ma famille fait ce que je lui dis de faire.

Elle avait encore parlé comme une enfant.

– Je ne plaisante pas, Adrienne, dit-il en se redressant. Cela fait six mois qu'on s'aime…

– Six mois ! répéta la jeune femme, comme elle aurait dit « Vingt ans ! »

– Autant dire une semaine…

– Tu trouves ?

– Tes parents ont sûrement d'autres ambitions pour toi.

Adrienne se renfrogna.

– Tout d'abord, qu'est-ce que tu en sais ? Et ensuite je m'en moque…

– Ils ont sûrement en tête l'héritier d'une grosse famille bordelaise, avec champs, vignobles, forêts, hôtels particuliers…

– Cela ne vaudra jamais l'ingénieur le plus brillant de sa génération !

Eiffel sourit avec une pointe de tristesse.

– Tes parents me tolèrent parce que je travaille sur ce projet dont ton père fournit le bois…

– Ils font plus que te tolérer : ils t'accueillent à leur table, dans leur salon, leur jardin, ils te présentent à leurs amis et ferment les yeux quand je ne dors pas à la maison.

– Mais de là à m'offrir leur fille…

– Si vraiment ça les dérangeait, ils nous feraient des remarques dès qu'on s'embrasse devant eux…

Gustave se raidit. Lui-même s'avouait gêné lorsque Adrienne se pendait à son cou en présence de ses parents. Mais les Bourgès ne semblaient pas s'en offusquer, considérant avec bienveillance les extravagances d'une fille qui était leur soleil. Enfant unique arrivée sur le tard dans un couple qui avait tant peiné à l'avoir, Adrienne faisait l'objet d'une tolérance peu commune pour le milieu et l'époque.

Tout raides et bourgeois qu'ils étaient, ses parents avaient compris que leur fille était un être à part, qu'il fallait traiter comme tel.

– D'ailleurs, si tu es si inquiet, demande-la-lui !

– Quoi donc ? À qui ?

Adrienne se redressa, bomba le torse – ses seins pointèrent à travers la chemise de nuit – et tendit le bras droit en direction de Gustave.

– Eh bien ma main. À papa.

L'inquiétude monta en lui. La chose lui sembla impensable.

– Moi ? À lui ? Mais jamais je n'oserais…

Vexée, Adrienne croisa les bras contre son torse.

– Tu renoncerais à moi par timidité ? Ton amour ne pèse pas bien lourd…

Déjà Gustave se sentait vaciller, d'autant qu'Adrienne pouvait passer du feu à la glace pour peu qu'elle fût contrariée.

– Mon amour, nous n'avons pas besoin de lui demander. C'est évident, non ?

Gustave n'en croyait pas un mot. Butée, Adrienne secoua la tête de droite à gauche.

– Peut-être qu'on ne fait pas ainsi chez les Eiffel, à Dijon. Mais chez les Bourgès, à Bordeaux, un jeune homme demande la main d'une fille à son père…

Ce ton hautain blessa Gustave, car elle lui renvoyait ses origines au visage. Ils étaient pourtant des bourgeois, eux aussi, en Bourgogne. Mais songeant à leur jolie petite maison de ville qui à elle seule tiendrait dans le grand salon des Bourgès, Eiffel sut qu'à ce jeu-là il ne pourrait gagner.

– Bien, bien, dit-il, résigné.

Déjà, Adrienne retrouvait son sourire.

Dans la tête de l'ingénieur, les idées se mettaient en place. Aller demander au vieux Bourgès ? Il n'en était pas question.

Jamais Gustave ne pourrait essuyer un refus aussi direct. Mais il avait sa petite idée…

– Je n'ai plus faim… fit alors la jeune femme d'un ton mutin.

Eiffel sortit de ses pensées et la vit. Adrienne avait ôté sa chemise de nuit et l'attendait, aussi éclatante, aussi lumineuse que le rayon de soleil qui se posait sur sa peau.

– 21 –

Paris, 1886

Combien de personnes étaient invitées ? Adrienne pensait assister à une cérémonie intime, mais ils sont trois cents qui arpentent les salons du ministère du Commerce, pour découvrir ces folles maquettes.

– Il y a le ban et l'arrière-ban, dit-elle en reconnaissant certaines silhouettes, qu'elle salue d'un sourire discret.

Faisant mine d'être offusqué, son mari lui glisse à l'oreille :

– Ne soyez pas si snob, madame de Restac.

Adrienne semble de plus en plus tendue. Elle ne voulait pas venir, mais Antoine a tellement insisté.

– C'est le verdict du concours. Comme ça, tu pourras voir tous les projets : c'est passionnant !

En un sens, cette foule l'arrange. Cela lui facilitera l'esquive, si elle y est contrainte. Elle ne peut pourtant s'empêcher de scruter les gens avec un regard de busard. Elle espère l'apercevoir autant qu'elle le redoute…

Voilà des semaines qu'un nœud lui enserre l'estomac. Des semaines de torture, car Antoine n'a qu'un mot à la bouche : Eiffel. Eiffel et sa tour. Eiffel et ses projets. Eiffel et son génie. Eiffel qu'il a connu tout jeune, à peine dégrossi, et qu'il pense avoir sans doute ouvert aux joies du monde.

Eiffel qui vit, respire, mange, couche avec eux, alors qu'ils ne se sont pas revus depuis la soirée dans ce même ministère, il y a déjà six semaines. Mais lorsque Antoine est passionné par une cause, il s'y plonge au point de s'y fondre. Si bien que Gustave Eiffel est devenu l'invité permanent de leur intimité, le fantôme incisif, le revenant, sans qu'Antoine ait un seul instant soupçonné qu'Adrienne pût en être affectée. Heureusement pour elle, son mari ne sait rien…

« Et ne saura jamais rien », songe-t-elle en regardant alentour avec une avidité fébrile.

Alors elle le voit…

Pire : elle *les* voit. Elle devait s'en douter, Gustave a une famille. S'étant défendue de poser la moindre question à Antoine, Adrienne ne sait rien d'Eiffel, hormis sa tour. Antoine est très discret, comme s'il protégeait son ami. Mais devant cette petite troupe qui se tient en rang serré, elle comprend que Gustave a poursuivi sa vie, lui aussi. Cette jeune femme au visage lumineux est son portrait craché. Tout comme ces trois enfants bien plus jeunes, vissés aux jupons de leur grande sœur. Elle s'étonne pourtant de ne pas voir son épouse. Est-elle restée à la maison ?

– Tiens, les voilà ! fait Restac, qui s'apprête à héler la famille Eiffel, de l'autre côté de la salle.

Mais Adrienne l'arrête d'un geste brusque.

– Laissons-les entre eux, ils doivent être anxieux.

– Justement…

– Promenons-nous un peu. Une fois qu'on les aura rejoints, je te connais, tu ne voudras plus bouger de ton « vieux Gustave ».

Antoine éclate de rire.

– Mon amour, tu es perspicace.

Il l'embrasse alors dans le cou avec une impudeur qui la fait tressaillir. Elle tourne surtout un regard vers Gustave, craignant qu'il ne les ait vus. Mais non. Blême, raide, il chuchote à l'oreille de sa fille et caresse la tête du plus jeune de ses enfants.

– Où est sa femme ?

– La femme de qui ?

– D'Eiffel.

Comme une réplique de dîner, Antoine lâche d'un ton dégagé :

– La femme de Gustave ? Mais elle est morte, voyons !

Cette désinvolture glace Adrienne.

– Morte ? ! Mais de quoi ?

Restac ne comprend pas l'effroi de sa femme.

– Ma chérie, on dirait que tu as vu un fantôme. Je ne sais pas de quoi elle est morte, la malheureuse. Une maladie, sans doute. Mais ça fait plusieurs années. Et puis Gustave est marié à son métier, tu sais bien…

– Non, je ne sais pas ! rétorque Adrienne, fébrile, avant de marcher d'un pas vif vers les maquettes.

Restac hausse les épaules. Sa femme a ses humeurs, comme toujours. Elle possède un caractère éruptif qui s'enflamme sans raison. Mais ce n'est pas une de ces « petites crises » qui va gâcher une telle journée. Rejoignant Adrienne, il prend son bras et tous deux partent à la découverte des maquettes.

Certaines sont extravagantes ! Ainsi cette guillotine géante, censée glorifier le centenaire de la Révolution.

– Si c'est ça que l'on doit garder de 1789… frissonne Adrienne.

– À part couper des têtes, ce carnage a servi à quelque chose ?

L'épouse lève les yeux au ciel, mais sourit : bien qu'il soit à tu et à toi avec toute la République, son mari a toujours affecté des opinions réactionnaires. Sans compter qu'une bonne partie de ses ancêtres a fini sur l'échafaud, et qu'il descend de la seule branche des Restac qui ait eu la prescience de s'exiler en Angleterre.

Le couple continue d'avancer, allant d'une table à l'autre, parfois obligé de pousser les gens comme on se presse contre un buffet. Les maquettes sont souvent très minutieuses, et réclament qu'on les voie de près.

Les voilà maintenant devant ce qui sera une colonne de pierre agrémentée d'ouvertures, de balcons, de la base jusqu'au faîte. Au pied de l'édifice, un bâtiment plus large exhibe fièrement son nom : « Hôpital militaire pour les poumons de nos soldats ».

– Ce sont les soldats ou juste leurs poumons, qui viendront ici ? demande une petite dame à son mari, sans plaisanter.

– Je pense que les soldats laisseront leurs poumons à soigner, mais rentreront attendre chez eux.

Mine admirative de la dame.

– Ce que c'est que la science, quand même…

Les Restac ne peuvent s'empêcher de rire et passent au projet suivant. Il s'agit d'un grand sphinx, comme celui du Caire.

– Quel lien avec Paris ? s'étonne Antoine.

Adrienne pose sur la statue un œil lointain, repartant dans ses rêves. Mais son mari préfère la voir ainsi plutôt que brusquement véhémente, comme elle vient de l'être. Son attention semble s'éveiller devant cette statue de femme à bonnet phrygien qui enjambe la Seine. Le titre est ridicule : « La Marianne du fleuve ».

– Léon, regarde, elle est toute nue ! s'offusque la même petite dame, qui ne quitte plus les Restac d'une semelle.

Son mari est moins choqué. Au contraire, il observe la maquette et s'imagine passant en bateau sous la statue. Ses yeux en deviennent lubriques.

– Ce monsieur aime le grand écart, souffle Restac à l'oreille d'Adrienne, laquelle pouffe, mais rétorque :

– Faites que Paris échappe à ça…

Puis ils arrivent devant une belle colonne de pierre qui rappelle celle de la Bastille. Elle ressemble à un empilement de coursives à colonnades, culminant par un gigantesque phare.

– C'est le projet de Bourdais, le grand rival de Gustave.

Adrienne considère la maquette avec un dégoût excessif.

– C'est affreux.

– Peut-être, mais cette tour a bien des partisans. Bourdais est déjà l'auteur du palais du Trocadéro, de l'autre côté de la Seine. Sa colonne aurait toute légitimité à se trouver en face, sur le Champ-de-Mars. Et puis il veut en faire un phare qui puisse éclairer tout Paris : l'idée est jolie, non ?

Adrienne est désagréablement surprise par le ton de son mari.

– À t'entendre, on dirait que tu aimes ce projet…

– Bourdais a du talent, voilà tout.

– Et Gustave, alors ? Tu retournes ta veste ?

Restac adore sa femme ! Alors qu'elle semble ailleurs, dans son monde, elle est la plus impliquée des deux.

– Gustave, c'est différent : il va gagner.

Cette réponse remet du rose aux joues d'Adrienne. Son mari semble si sûr de lui. Puis il s'approche d'elle et pose un nouveau baiser – léger, furtif – juste derrière son oreille.

– Si j'aime bien Bourdais, c'est ma faiblesse pour les vaincus. Mon côté « réactionnaire »…

Soudain le brouhaha s'intensifie, comme si l'on sentait planer une menace.

– Que se passe-t-il ? fait la petite dame.

Son mari guette de part et d'autre.

– Le jury va dévoiler le résultat du concours…

Apprenant cela, Antoine saisit sa femme et la pousse devant lui.

– Viens ! On regardera la suite après…

À quelques mètres, de l'autre côté d'une des tables, le clan Eiffel patiente avec inquiétude.

Dans le ventre d'Adrienne, le nœud serre à l'étouffer.

Mais il est trop tard pour reculer.

*

* *

Comment faire semblant, mais comment ne pas se regarder ? Leurs yeux sont aimantés et pourtant il faut faire illusion, singer l'indifférence, ne rien laisser deviner. Fallait-il qu'aujourd'hui, *précisément aujourd'hui*, il vienne avec elle ? À moins que ce ne soit une idée d'Adrienne, façon bien à elle de se venger pour l'hostilité qu'il lui a montrée lors de la soirée chez Lockroy ? Elle semble pourtant aussi embarrassée que lui. Il la connaît par cœur : ce regard ne trompe pas. Elle est à la fois désolée et craintive. Sans doute est-ce Antoine qui a insisté et elle n'aura pas su dire non. Reste qu'il faut se montrer irréprochable, insoupçonnable, courtois, distant. Cette journée est tournée vers l'avenir, vers cette grande tour porteuse de rêve, et non vers des souvenirs que l'un et l'autre espéraient enfouis.

– Même Adrienne est nerveuse, dit Restac, qui sent sa femme s'agripper à son bras.

Eiffel se force à sourire, mais il lit tant de choses dans le visage d'Adrienne. La nervosité n'est qu'un détail.

Claire s'approche d'eux.

– Cela va bientôt commencer, papa ?

La fille de l'ingénieur remarque alors cette femme qui la dévisage.

– Je vous présente Claire, ma fille. Et collaboratrice. Adrienne est l'épouse d'Antoine…

– Bonjour, madame, fait Claire en inclinant la tête, peu rassurée par ces grands yeux de chat qui la dévorent étrangement.

– Vous devez être très fière de votre père, mademoiselle.

Heureusement, sa voix est plus douce que son regard. Un timbre chaud, caressant.

– Assez, oui, répond Claire avec malice.

– Et moi d'elle, toujours, ajoute son père en passant son bras autour de ses épaules. Claire est mon porte-bonheur…

Lorsqu'il l'embrasse, fermant les yeux, Adrienne détourne un instant le regard.

– Vous êtes ravissante, Claire. Je peux vous appeler Claire ?

– Bien sûr, répond la jeune femme en exagérant son amabilité, car cette femme lui fait peur.

Mais tout le monde a peur, aujourd'hui. L'atmosphère devient irrespirable. Tant qu'on ne connaîtra pas le résultat de ce satané concours, tout sonnera faux. Voilà pourquoi il vaut mieux se taire et attendre en silence.

Sans dire au revoir, Claire s'éclipse et file rejoindre les trois enfants qui chahutent autour du buffet avec leurs verres d'orangeade.

Gustave sourit tristement.

– J'aimerais être aussi insouciant qu'eux…

– Tu sais bien que tu n'as rien à craindre, rétorque Restac en lui donnant une tape sur l'épaule.

Eiffel reste méfiant ; il a toujours détesté crier victoire avant l'heure. Ce n'est pas de la superstition, mais du respect pour la grande incertitude des choses. Eiffel est un homme de chiffres, de statistiques, de calculs.

– Je n'ai peut-être rien à craindre, mais le projet de Bourdais plaît beaucoup. Cette tour ne tient pourtant pas la route : une telle masse demanderait des fondations gigantesques ; de quoi déséquilibrer tout le quartier.

Avec une pointe de cruauté, Restac concède que cette tour est sa grande rivale.

– D'ailleurs, le président Carnot a toujours adoré le palais du Trocadéro…

Restac voit son ami se décomposer et Adrienne pince le bras de son mari, de plus en plus nerveuse.

– Mais s'il n'y a que ça, corrige-t-il, tu mettras un phare en haut de ta tour, voilà tout.

Cette précision ne rassure en rien l'ingénieur. La tension devient palpable dans tous les salons du ministère. Le visage d'Eiffel tressaute de tics, ses mains se plongent compulsivement au fond de ses poches, et il doit lutter pour fuir le regard d'Adrienne, qui fait de même. Lorsque leurs yeux finissent par se croiser, elle croit y lire un « Éloigne-toi, je t'en supplie. » Mais dès qu'elle commence à s'échapper, son mari la harponne.

– Où vas-tu ?

– Chercher… du champagne, improvise-t-elle.

Restac resserre son étreinte et désigne une grande porte qui vient de s'ouvrir, de l'autre côté de la pièce.

– Trop tard. Reste là, ça commence.

Un huissier s'avance avec morgue.

– Mesdames, messieurs, le jury !

Gustave croit que son cœur va exploser.

*
* *

Eiffel est si tendu qu'il ne parvient pas à les reconnaître. Il lui semble voir une armée de jumeaux, tous semblables, qui prend peu à peu place en cahotant sur la grande estrade.

Comme dans les ambassades, comme à l'Assemblée, au Conseil de Paris : les mêmes barbes, les mêmes vestons, les mêmes rosettes…

L'assistance s'approche de l'estrade, tandis que les messieurs s'assoient sur des sièges pliants, le regard plein d'une morgue fade. Pris par le mouvement de foule, Eiffel est poussé en avant, presque sous « la scène ».

Un parfum lui caresse alors le visage.

– Tout va bien se passer, murmure une voix.

L'ingénieur sent la présence d'Adrienne. Leurs épaules se touchent. Leurs cuisses se frôlent. Il regarde de l'autre côté et aperçoit Antoine, plus loin, au pied d'une colonne, qui prend des notes sur un calepin. Celui-ci relève la tête et fait un clin d'œil apaisant à son vieux camarade. À son corps défendant, Gustave est soulagé. Alors que tout peut basculer, sentir l'aura suave, chaude, bienveillante d'Adrienne apaise ses craintes. Il se sent protégé.

Entre le dernier membre du jury : son président.

Gustave reconnaît aussitôt les belles bacchantes du ministre Lockroy. Celui-ci considère la foule avec satisfaction – ces gens de pouvoir ne vivent que par l'image qu'un public leur renvoie – et glisse sur Eiffel sans s'y arrêter.

– Mesdames, messieurs, commence le ministre du Commerce en se grattant ostensiblement la gorge.

À nouveau, Gustave sent remonter la tension. Pourquoi ne lui a-t-il pas souri ? Doit-il y lire un signe ? L'a-t-il seulement remarqué ?

Devinant son angoisse, Adrienne se serre plus près encore. Sa présence devient brûlante. Leurs mains s'effleurent et, par un geste instinctif, Adrienne replie son bras. Gustave croit qu'on le lâche dans le vide.

– À neuf voix contre trois, reprend Lockroy, le projet retenu est…

Cruel, le ministre laisse planer le doute. Dans la salle, le public glousse, amusé. Gustave Eiffel est plus pâle qu'un linceul.

– … celui de la tour de trois cents mètres proposé par les Établissements Eiffel…

Une pluie de roses. Un ouragan de violettes. Un grand nuage de douceur qui envahit la pièce, la ville, les esprits. Brusquement, tout devient logique, d'une évidence enfantine.

La salle entière est traversée d'un « Ah ! » qui montre quel projet était le favori du public. Claire se jette au cou d'Adolphe Salles, qui était là depuis le début, en retrait. Compagnon attaque une ronde incongrue avec les trois enfants qui ont délaissé leur orangeade.

Et puis il y a ce regard. Un regard comme jamais ils n'auraient pensé en avoir à nouveau. Complice, affectueux, d'une douceur enivrante. Malgré toutes ces années, malgré la douleur, malgré les déceptions, les cicatrices, ils sont là, ensemble, tous les deux, aujourd'hui. Si l'on avait dit à Gustave que le jour où sa carrière prendrait un suprême essor il en partagerait la joie avec la seule femme qui…

Mais il s'arrête de penser. Les mots sont inutiles. Sentir ses doigts qui viennent de se blottir dans les siens remplace tous les discours, tous les serments. Adrienne serre sa main comme si plus rien ne pouvait les désunir.

Rien… sauf un regard.

Deux yeux qui fixent ce geste pourtant anodin. Dans la tête d'Antoine, tout se bouscule. Pourquoi ? Que n'a-t-il pas compris ? Quel détail a donc échappé à sa sagacité ? Son métier est d'observer, de décrypter, et ses articles sont loués pour leur acuité incisive. Alors que là, sous son nez…

Non, ce n'est pas possible ! La foule lui a joué un tour, une illusion d'optique. Antoine de Restac s'avance alors, mais leurs mains sont toujours enlacées. Il faut même que Lockroy descende de l'estrade pour que leurs doigts se désunissent.

– Eiffel ! Je suis très heureux pour vous.

– Moins que moi, monsieur le ministre.

Reconnaissant Adrienne, Lockroy lui fait un baisemain.

– Mais où donc est votre époux ? Le succès d'Eiffel ne serait rien sans lui.

– Je suis là, Édouard, fait Restac, qui s'approche et salue le ministre, affichant son imperturbable sourire mondain. Antoine vient d'un monde où l'on sait feindre. Puis, sans un regard pour Adrienne, il se tourne vers Gustave et le prend dans ses bras.

– Mon ami, tu vois que j'ai tenu ma parole…

Gustave est trop saoul de sa propre gloire pour déceler l'ironie de ces mots.

– Merci, souffle l'ingénieur avec sincérité.

Restac croit embrasser un serpent.

– 22 –

Paris, 1886

– Cette victoire est la vôtre ! C'est grâce à vous que les Établissements Eiffel ont acquis une expérience sans égale dans le monde !

À son tour d'être sur une estrade et de haranguer la foule. Il a toujours aimé cela. S'il déteste les cabots, les divas du prétoire, Gustave aime sentir une assistance pendue à ses lèvres, comme il aime lire l'admiration et l'incompréhension des passants qui découvrent ses constructions. Combien d'habitants de Ruynes l'ont questionné sur le viaduc de Garabit qu'il venait d'achever, et dont l'arche arachnéenne annonçait déjà celles de sa future tour ?

– Monsieur Eiffel, comment avez-vous fait ?

– Une chose pareille, ça ne pourra jamais tenir !

Gustave bottait en touche, restait énigmatique, comme un illusionniste à qui l'on demande d'où il tire un lapin.

Pourra-t-elle tenir, d'ailleurs, cette fameuse tour de trois cents mètres qu'il s'est engagé à construire en moins de deux ans pour la gloire de la France ?

Il faut qu'il en soit convaincu, car à cette seule condition son équipe marchera derrière lui. Et ils sont tous là, à ses pieds, rassemblés dans la cour centrale des Établissements

Eiffel. Gustave leur devait bien ce petit « vin d'honneur » qui couronne des mois de travail et d'étude… mais annonce surtout un chantier harassant ! Et puis Gustave voulait marquer le coup, les encourager, les galvaniser. Voilà pourquoi il s'est juché sur cette remorque couverte de noms exotiques – Tonkin, Sénégal, Brésil… – qu'on a fait rouler jusqu'au milieu de la cour.

– Ce que nous allons entreprendre, personne ne l'a jamais tenté. Et je vous dis que vos enfants, et les enfants de vos enfants, se souviendront avec fierté que vous étiez sur ce chantier, sur *votre* chantier…

Ce possessif provoque une vague d'enthousiasme parmi les ouvriers.

– *Nous* allons construire un rêve, reprend l'ingénieur. Vous, moi, tous ensemble !

La foule est traversée de vivats. Les hommes lancent leurs casquettes en l'air. On se fait l'accolade, on s'embrasse.

Aussitôt Gustave saute de la remorque comme un jeune homme, car il n'a pas une minute à perdre.

Tandis que ses ouvriers achèvent de vider leurs gobelets de vin d'Algérie, Gustave fait signe à ses collaborateurs de le rejoindre. Compagnon, Adolphe Salles, Nouguier et quelques autres accourent, surpris qu'Eiffel brise aussitôt l'allégresse.

– Tu aurais pu nous laisser finir notre verre, Gustave, fait Compagnon, qui s'essuie les lèvres du revers de la manche.

– Nous avons deux ans ! On boira à trois cents mètres d'altitude, pas avant.

Les autres se regardent, malgré tout amusés par l'énergie de l'ingénieur. Celui-ci marche au pas de course, traversant l'usine comme un général suivi de son état-major.

– Les pièces seront modifiées ici, puis envoyées sur le chantier et assemblées sur place. Il faut tripler la capacité de l'usine.

– Tripler ? répète Compagnon. Mais Gustave, je…

– Lance l'appel d'offres sur les ascenseurs. Roux, évidemment, mais aussi les Américains.

– C'est noté, fait Compagnon, qui se renfrogne, mais a l'habitude de ces pulsions.

– Pour la foudre, reprend Eiffel en se tournant vers les autres, voyez avec Mascart à l'Institut, et puis Becquerel.

Chaque recommandation est prise en note, sans que quiconque ralentisse le pas, car Eiffel poursuit sa traversée de l'usine.

– Vous ! Le gendre !

Adolphe Salles sursaute.

– Patron ?

– Vous êtes chargé du recrutement des ouvriers…

Surpris de se voir confier une mission aussi délicate, Adolphe s'arrête, regarde autour de lui et révise rapidement le plan de la tour.

– Il faudra au moins mille hommes.

– Trois cents, pas un de plus !

Le chiffre est tombé comme un couperet.

Tous semblent inquiets et Gustave sourit devant leur surprise.

– Je veux les monteurs et les charpentiers les plus aguerris. Des Savoyards, des équilibristes, des Peaux-Rouges s'il le faut, dit-il en reprenant sa marche. Je veux des hommes de bonne volonté et qui n'ont pas le vertige ; pas besoin de compétences particulières.

Brandissant une feuille couverte de chiffres, il précise que leurs calculs vont tellement faciliter le montage qu'un enfant de cinq ans saura construire la tour.

– Cinq ans, rien que ça ! s'inquiète Compagnon.

Sans relever, Eiffel se tourne vers Nouguier.

– Faites refaire quatre fois les calculs par quatre ingénieurs différents. Un polytechnicien, un centralien, un Mines, un Ponts. Je ne veux pas un seul coup de lime sur le chantier.

Livide, Nouguier prend des notes. S'il est heureux de toucher une belle somme, il commence à se demander si jamais quelqu'un associera son nom à cette tour dont il est le premier père. Eiffel est trop passionné, trop dévorant pour ne pas s'approprier le projet. Mais n'est-ce pas le propre des visionnaires, des bâtisseurs ?

– Un gabarit pour chaque pièce grandeur nature. Et une maquette au centième dans les bureaux, qui se construira en même temps que la tour.

Désignant l'usine d'un grand geste circulaire, Gustave Eiffel rappelle qu'il veut régler les problèmes ici plutôt que les découvrir là-bas.

Tous opinent, conscients que, malgré la complexité de l'entreprise, c'est la décision la plus sage.

– La priorité des priorités c'est la sé-cu-ri-té ! Les chutes d'outils, le froid, le vent : je veux des barrières de protection, et des peaux de mouton pour tous nos gars. Je ne veux pas un seul mort sur le chantier.

Essoufflé, il arrête sa course et s'appuie à la rambarde d'un escalier, haletant comme un marathonien qui passe la ligne d'arrivée.

Puis il se tourne vers Compagnon :

– À toi de jouer. Tu me lances tout ça…

L'état-major se fige un instant, comme si tous avaient quelque chose à objecter. Mais Eiffel est déjà parti…

– 23 –

Bordeaux, 1860

– Épouser ma fille ? Eiffel ?!

Louis Bourgès était estomaqué. Il quitta son gros fauteuil de cuir et fit de grands pas dans son bureau, comme pour fuir cette idée.

– Eiffel m'a demandé de vous parler, je vous parle…

Oui, Pauwels était sérieux. Il était même missionné par Gustave pour faire cette demande aberrante ! Un quart d'heure plus tôt, il avait sonné à la porte de l'hôtel particulier, et Bourgès croyait qu'il venait lui passer commande de bois supplémentaire. L'entrepreneur était dans ses petits souliers, engoncé, le regard fuyant. Lui non plus n'était pas coutumier d'une telle mission !

– Non, mais pour qui se prend-il ? reprit Bourgès en ouvrant sa fenêtre en grand.

Le bureau donnait sur le parc et, comme par un fait exprès, les silhouettes d'Adrienne et Gustave avançaient en lisière de forêt, main dans la main. Cette vision lui fit monter le rouge aux joues et il se retint de les héler pour mieux renvoyer cet importun. Las, c'est tout de même lui qui tolérait la présence du jeune ingénieur, depuis des mois. Bourgès ne pouvait rien refuser à sa fille chérie qui s'amourachait en général de gommeux sans saveur. Gustave Eiffel, au moins, c'était autre chose : les deux hommes avaient même des conversations passionnantes sur l'architecture, l'avenir de la technique, et autres sujets d'hommes, qu'ils évoquaient le soir, au coin de la grande cheminée du salon. Louis Bourgès devait bien avouer que lui-même s'était pris au jeu, ce qui ne simplifiait guère les choses. Il était charmant, cet Eiffel : doué, prometteur, ambitieux. Et puis Adrienne était si heureuse depuis six mois. L'arrivée de Gustave avait même apporté dans le foyer un équilibre et une douceur qu'ils n'avaient pas connus depuis longtemps. À son contact, Adrienne avait grandi, mûri, tout en restant une charmante jeune femme. L'ingénieur avait pour elle des attentions que n'avaient jamais montrées les jeunes gens que les Bourgès avaient vus au bras de leur fille. La rencontre avec Gustave Eiffel avait donc été une bénédiction pour Adrienne qui subissait une véritable métamorphose. Les parents Bourgès s'en étaient souvent fait la réflexion, le soir, au calme de leur chambre. Cette plénitude avait même apaisé les tensions qu'il y avait parfois entre Louis Bourgès et son épouse, car ils se disputaient souvent au sujet de leur fille, le caractère d'Adrienne étant toujours un sujet de discorde. Tous deux admettaient que Gustave Eiffel faisait du bien à Adrienne ; mais de là à en faire leur gendre…

Dans le parc, les deux amoureux s'embrassaient et Bourgès détourna le regard, furieux.

– Et puis pourquoi vous envoie-t-il, vous ? Il pourrait avoir la franchise de m'affronter directement, non ? Quand un soldat va au casse-pipe, il a la fleur au fusil…

Devant ces mots si durs, Pauwels eut une expression attendrie.

– Parce qu'il savait que vous lui diriez non.

– Et comment ! fit Bourgès, en se laissant retomber dans le fauteuil. Puis, allumant un gros cigare de ses doigts fébriles, il reprit :

– Il pensait que vous sauriez mieux me convaincre ? Je croyais que vous aviez des rapports tendus, depuis cette histoire de noyade…

Bourgès disait vrai : Eiffel l'horripilait. Sa morgue, son caractère, cette façon de toujours défendre ses ouvriers, fût-ce de mauvaise foi. Mais Eiffel était un ingénieur de premier plan, ce que tout le monde s'accordait à reconnaître. Et Pauwels faisait toujours passer son intérêt avant ses affinités.

– Vous êtes un bon père, mais aussi un homme d'affaires avisé, n'est-ce pas, monsieur Bourgès ?

Le grand bourgeois lut une lueur maligne dans le regard de Pauwels. Quelque chose lui souffla que cette demande en mariage était aussi une transaction.

– Expliquez-vous, Pauwels… dit-il avant de souffler de grosses volutes qui traversèrent la pièce et vinrent s'écraser contre le trumeau qui surplombait la cheminée. On y voyait une scène champêtre avec deux amoureux, semblable à la vision du joli couple par la fenêtre.

– Comme vous avez pu le constater, Gustave Eiffel est un sanguin, parfois un furieux…

– Ça ne me rassure pas, en effet…

Jetant un œil vers les amoureux dans le parc, Pauwels ajouta que si le père refusait cette demande en mariage, Eiffel était bien capable de laisser le chantier en plan.

– Et moi, j'ai un pont à terminer…

Bourgès ne voyait toujours pas où l'entrepreneur voulait en venir.

– C'est pourquoi je devrais brader ma fille ?

– Bien sûr que non, fit Pauwels, mal à l'aise. Il s'agit de gagner du temps. Une fois l'ouvrage achevé, vous direz à Eiffel que vous avez changé d'avis ou que votre fille ne veut plus de lui…

Bourgès restait circonspect.

– Vous savez que cela peut lui briser le cœur ?

Pauwels haussa les épaules.

– D'Eiffel ? Et alors ?

– Je vous parle de ma fille !

Pauwels sursauta, car Bourgès avait donné un grand coup de poing sur le bras de son fauteuil. Sa voix avait fait envoler trois oiseaux nichés dans la vigne vierge. Depuis la prairie, les deux amoureux se tournèrent vers la maison.

– Vous avez des enfants, Pauwels ?

– Non.

– Je comprends mieux…

Bourgès tirait sur son cigare avec une hargne contenue.

Ne pouvant se permettre de perdre Eiffel, Pauwels lança sa dernière carte :

– Vous vous imaginez bien que cela n'est pas sans contrepartie pour vous.

Une lumière revint sur le visage de Bourgès.

– Dites-m'en plus ?

– Jusqu'à présent j'avais trois fournisseurs de bois : vous, les Baude et les Huairveux.

Un sourire matois s'installa sur le visage du gros bourgeois. Dans sa tête, les chiffres dansaient.

– Je deviens votre seul fournisseur ?

Pauwels acquiesça, tandis que Bourgès se levait pour lui offrir un cigare.

– Seul et unique.

Tandis que Pauwels se renfonçait dans son fauteuil, soulagé et guilleret, observant les fumées de ce cigare si apaisant, Bourgès rouvrit la fenêtre.

– Adrienne ! Gustave ! Venez voir ici ! J'ai l'impression que vous m'avez fait des cachotteries. Heureusement que ce bon Pauwels est là pour jouer les messagers…

Gustave saisit la main d'Adrienne et les fiancés coururent vers la maison.

– 24 –

Paris, 1886

Les jardins du ministère sont magnifiques. Cette fin de printemps offre une symphonie de fleurs, de parfums, de couleurs. Les tentes plantées dans la pelouse sont au diapason de la roseraie : leurs tons pastel mettent en valeur la beauté des femmes et l'élégance des messieurs. Quant aux buffets, ils regorgent de victuailles. Édouard Lockroy fait bien les choses ! S'il n'était pas esthète, aurait-il choisi un autre projet ? Son cœur aurait-il penché pour la pataude colonne de Bourdais ou cette ridicule guillotine géante ? Maintenant, Gustave s'en moque. Il est seul en scène et peut naviguer sans crainte. D'ailleurs il aimerait bien être à la tâche. Les mondanités avaient une raison d'être avant le concours ; maintenant qu'il est l'élu de la République, Eiffel a d'autres chats à fouetter que baiser des mains et bomber le torse. Si Restac n'avait pas insisté, il serait à l'atelier.

– Gustave, Lockroy organise cette garden-party pour toi… Tu es son héros… Ne sois pas ingrat…

– Il n'y a ni héroïsme ni ingratitude : j'ai des délais à respecter. Nous sommes mi-juin et le chantier démarre le premier janvier. J'ai six mois pour tout vérifier, verrouiller, recalculer, anticiper… Alors, si tu crois que j'ai le temps d'aller boire du champagne…

– Tu auras le temps, car tu n'as pas le choix, avait tranché Restac.

Puis, le journaliste avait ajouté qu'il viendrait avec sa femme.

Comme Restac le craignait, cela avait aussitôt convaincu l'ingénieur.

Antoine n'avait pas relevé, mais son idée était de plus en plus claire…

Et voilà Eiffel qui arpente le parc du ministère, en retrait des fâcheux, guettant l'arrivée des Restac. Depuis une demi-heure qu'il est là, il fuit tous ces inconnus qui viennent le féliciter (et se montrent surpris qu'il soit si froid ; décidément, ces artistes…). Même Lockroy lui a fait une phrase.

– Eh bien, Eiffel : je fais cette petite fête pour vous et vous avez une tête d'enterrement…

– Pardonnez-moi, monsieur le ministre, mais je suis tellement plongé dans mes calculs que je peine à m'en arracher.

Après une grande tape dans le dos, Lockroy lui tend une coupe de champagne.

– Buvez, monsieur l'ingénieur. « Le vin dissipe la tristesse », comme on le chante si bien à l'Opéra.

– Je ne suis pas triste…

– Et moi je chante faux !

Éclat de rire du ministre du Commerce qui s'éloigne vers d'autres invités à qui il fait signe de laisser Eiffel en paix.

Alors ils arrivent…

Gustave est frappé par la beauté d'Adrienne. Avec les années, elle s'est affirmée, mais aussi affinée. Quand tant de femmes subissent avec une douloureuse fatalité le passage du temps, celui-ci semble n'avoir eu aucune prise sur elle.

En songeant à Adrienne, tandis qu'il *incarnait* sa tour, il avait bonne mémoire. La silhouette est la même, comme le regard, l'assurance, ce dos tendu, droit, telle une danseuse. Ses cheveux ont même gagné en ampleur, en souplesse. Il semble impossible qu'Adrienne de Restac ait le même âge que ces rombières à voilettes qui s'empiffrent de choux à la crème, vissées aux buffets. Pourtant, quand Eiffel regarde leurs époux, il voit des messieurs de son âge et celui de Restac. Quel est le secret d'Adrienne ? Encore quelque sorcellerie comme elle aimait à s'en vanter, le regard de braise, à Bordeaux ? Eiffel ne saura jamais, mais vingt-sept ans ont passé et la petite Bourgès est plus belle qu'au premier jour.

– Gustave, je savais bien que tu viendrais... fait Antoine en s'approchant. Se tournant vers sa femme, il ajoute avec un rictus acide que, sous ses airs d'ours, « il est le plus mondain des Parisiens »...

La réplique irrite Eiffel, lequel trouve Restac plus distant, moins enjoué, depuis quelque temps. Maintenant qu'il a remporté son pari – faire élire le projet de la tour –, le journaliste doit s'être lassé de son jouet. Est-ce à dire qu'il verra moins les Restac ? Une partie de sa conscience en est soulagée : enfin il va pouvoir œuvrer l'esprit en paix ; l'autre en conçoit un pincement au cœur.

Adrienne est égale à elle-même : impassible, impénétrable. Gustave sent encore la chaleur de sa main dans la sienne, ici même, voici déjà quinze jours.

Tandis qu'elle tourne la tête vers la pelouse centrale, ses yeux de chat s'illuminent :

– Regardez ! Il y a même un orchestre !

En effet, sur une petite estrade, une dizaine de musiciens sont montés et s'accordent.

– Mes amis ! fait Lockroy, avant de claquer dans ses mains : Musique !

Alors que l'orchestre attaque les premières mesures, le ministre trottine jusqu'à son invité d'honneur avec un mélange de sévérité et de bonhomie.

– Eiffel, à vous d'ouvrir la danse…

Tout à coup embarrassé – Gustave a toujours détesté danser –, l'ingénieur regarde autour de lui : tous les couples semblent attendre que le roi de la fête gagne la piste pour se l'autoriser eux-mêmes.

Eiffel se sent devenir écarlate.

– Je ne vous demande pas la lune, Gustave. Bien que cela semble plus facile pour vous…

Acculé, Eiffel se tourne vers Adrienne, qu'il sent fébrile depuis les premières notes de la valse.

– Madame ? dit-il d'un ton exagérément cérémonieux.

D'un léger regard, elle demande la permission de son mari, lequel blêmit, mais acquiesce. Ni Gustave ni Adrienne n'ont remarqué ses yeux de feu qui les suivent tandis qu'ils gagnent la piste de danse, couvés par une foule bienveillante.

– Adrienne est très en beauté en ce moment, dit Lockroy, non sans amertume. Tu as de la chance d'avoir une femme heureuse…

Restac ne répond pas, mais plonge ses mains dans ses poches. Puis il avise la première femme qui s'approche d'eux et l'invite à danser.

Gustave et Adrienne ne parlent pas. Ils se regardent à peine, émus et intimidés d'être si proches, de se toucher, se serrer l'un contre l'autre, et d'en avoir le droit. Tous deux ont reconnu les célèbres *Patineurs*, de Waldteufel, cette valse qui fait le tour du monde depuis quelques années. Pas une fête, pas un dîner sans que quelqu'un la siffle, la joue au piano, la fredonne. Et ils ont bien le sentiment de patiner sur cette piste de bois clair où leurs pieds se poursuivent, leurs jambes s'entremêlent, leurs corps tournoient, avec une aisance qui les surprend.

– Je ne savais pas que tu dansais… murmure Adrienne, qui ne peut s'empêcher de scruter alentour, croisant parfois le regard vide de son mari, lequel semble valser avec un mannequin de chiffon.

– En vingt-sept ans, j'ai eu le temps d'apprendre…

La réponse de Gustave fait tressaillir Adrienne. Il la sent se raidir et resserre son étreinte. Il descend même la main sur sa taille, ses hanches, et sent ce corps de plus en plus chaud.

– On nous regarde, Gustave.

Mais Eiffel s'en moque. Adrienne est là, dans ses bras, plus vivante que jamais, aussi jeune, aussi vraie qu'à Bordeaux. Son parfum est le même : un mélange d'ambre et de rose. Et puis sa peau, si douce, à peine marquée par le temps, qui semble éclore lorsque ses doigts la frôlent. Enfin ce souffle, si près de son visage. Une haleine qu'il reconnaîtrait entre mille, qui lui a toujours rappelé la mûre ou la framboise. D'ailleurs tout son corps était ainsi : fruité, gourmand. À cette idée, Gustave sent monter un désir qui lui coupe la respiration et crispe tous ses muscles. Il en contracte ses doigts sur le corps d'Adrienne, qui tressaille et halète légèrement.

– Il vaut mieux qu'on arrête de danser, souffle-t-elle.

Croyant le repousser, elle pose une main sur son torse et accentue son désir. Eiffel devient bouillant, ses lèvres tremblent. Maintenant tous deux se regardent, comme s'ils devaient s'affronter. Ils ne peuvent donc voir Antoine, qui valse non loin d'eux et les épie avec effroi et incompréhension. Ce qu'il voit le désempare : après lui avoir caressé le torse, Adrienne se serre plus encore contre Gustave.

Les deux danseurs ont-ils conscience de leurs gestes, de l'image qu'ils renvoient ? Mais nul ne les remarque. N'était Restac, tous les convives sont enivrés par Waldteufel, concentrés sur leurs propres pas, leurs propres arabesques.

Alors qu'un couple les frôle, Adrienne retrouve ses esprits.

– Parlons, s'il te plaît, finit-elle par dire d'un timbre qui sonne faux.

Après un temps de silence, Gustave affecte un sourire tout aussi factice.

– Vos parents vont bien ?

Adrienne serre les dents.

– Je n'en ai aucune idée. Je ne les vois plus.

Gustave étouffe un sourire satisfait. Rarement il a détesté à ce point des gens, un milieu, une caste. Savoir qu'Adrienne s'en est arrachée le comble d'aise.

Ils aperçoivent alors Antoine, qui ne cesse de danser et leur offre un sourire figé.

– Tu l'aimes ?

Dans les bras de Gustave, Adrienne se raidit à nouveau. Elle affecte un visage impassible, mais lorsque Eiffel la serre plus fort, un éclair monte de son ventre jusqu'à ses lèvres.

– Tu trembles, dit Eiffel.

– Arrête.

Pourtant ils continuent cette valse interminable, qui est un supplice et une volupté.

Alors qu'arrivent les dernières mesures, et tandis que les danseurs accélèrent le pas pour le galop final, Eiffel se penche à l'oreille d'Adrienne. Sa voix lance des saccades, couvertes par les pizzicati des violons.

– Écoute… écoute-moi… Il y a une auberge, aux Batignolles. *Les Acacias*… c'est très facile à trouver. Rejoins-moi. Quand tu veux. Je t'attendrai…

Pour Adrienne, c'étaient les mots de trop.

– Ça suffit…

Avant même que l'orchestre n'ait lancé son dernier trait, elle se recule violemment, manquant faire tomber son cavalier, qui se rattrape à un grand monsieur à longues moustaches blondes, trop heureux de servir d'appui au héros du jour.

La musique s'arrête et les couples se séparent avec compliments et révérences.

Gustave s'incline devant Adrienne, qui reste immobile, comme une statue.

– C'est fini, Gustave, chuchote-t-elle. Tout cela est ridicule, ça n'a pas de sens. J'ai une vie, un mari. Laisse-moi.

Puis elle se tourne d'un bloc et rejoint son mari qui l'attend avec du champagne.

– 25 –

Paris, 1887

Le ministre a peur. Il n'en dit rien, mais lorsqu'il s'engage dans le boyau de métal, il sent son ventre se nouer. À mesure que ses semelles se posent sur les échelons, le nœud se resserre.

– Les gars, v'la Lockroy ! fait une voix sous ses pieds, encore si loin.

– Il faut les excuser, plaide aussitôt Eiffel, que cette familiarité amuse. Mes ouvriers passent douze heures par jour sous terre, on en perd parfois le sens du respect…

– Pas grave… marmonne Lockroy, qui a levé les yeux vers Eiffel, engagé lui aussi dans le puits.

Édouard Lockroy se moque bien du respect. Il se demande juste pourquoi il a accepté cette visite du chantier, qui a commencé depuis quelques mois dans le grand froid de la fin d'hiver. Eiffel aurait pu attendre que les premières structures sortent du sol. Le ministre aime les vues, pas les grottes ; il n'a pas le vertige et adore être giflé par le vent. Mais il a toujours détesté les caves, les souterrains. Il refuse même de monter dans les ascenseurs. Il faut pourtant faire bonne figure, car de nombreux envoyés de la presse sont là-haut, à la surface, qui l'attendent, prêts à poser des questions et prendre des photographies après sa visite.

« Si je sors jamais d'ici… », songe Lockroy en sentant son pied battre dans le vide.

– Laissez-vous glisser, m'sieur l'ministre.

Deux hommes lui enserrent les jambes et l'aident à atterrir sur le sol du caisson.

Un sol ? Plutôt, une boue argileuse, poisseuse, collante, aussi humide que l'air saturé de cette pièce en clair-obscur.

Combien sont-ils ? Vingt, peut-être ? La plupart ne prêtent aucune attention à ce visiteur cravaté, dont les cuissardes se marient étrangement avec la jaquette. Ici, chaque ouvrier remplit sa mission. Certains creusent le sol, d'autres charrient les remblais, d'autres encore en emplissent des seaux qui sont tirés à la corde par une cheminée centrale.

Lockroy plisse les yeux pour s'habituer à la pénombre. Une simple lampe à acétylène éclaire faiblement la pièce, mais tous semblent s'en contenter. Chacun est affairé, personne ne parle. À quoi bon ? Ces machines font un bruit du diable !

Eiffel saute à ses côtés, puis montre au ministre les différents détails du caisson hydraulique, avec des précisions techniques dont Lockroy se contrefout. Tout ce qu'il voudrait, c'est remonter.

– Si le caisson s'enfonce, hurle-t-il, ce n'est pas dangereux ?

– Si, mais c'est le seul moyen. Il faut creuser plus vite que l'enfoncement.

Voyant que cette réponse inquiète le ministre, Eiffel mime un doigt qui tourne autour de la gorge.

– Avalez souvent votre salive. L'air est très sec.

« Sec ? », songe à nouveau Lockroy en voyant cette salle au sol mouvant, parfaitement détrempée.

– Bientôt nous aurons les deux piles côté Seine, s'enthousiasme Eiffel, fasciné par son chantier.

– C'est épouvantable pour les oreilles, votre machine.

– C'est la surpression…

Tout à coup, un cri. Puis une accélération générale des mouvements. Les regards se croisent, inquiets. Beaucoup se tournent vers Eiffel, qui garde son sang-froid. L'ingénieur empoigne le ministre et l'emmène de l'autre côté de la pièce, sur une petite estrade surélevée.

– Restez là !

Lockroy croit vivre un cauchemar. L'eau commence à affleurer de toutes parts ! Si Eiffel reste calme, le ministre voit les ouvriers retenir leur peur, mais scruter avec effroi leurs propres chevilles, vite submergées.

– L'eau de la Seine, murmure-t-il, terrorisé.

Mais Eiffel se dirige sans heurts vers un manomètre dont il augmente délicatement la pression.

Aussitôt l'eau commence à refluer, sous les regards rassurés des ouvriers.

– Ça a beau arriver tous les jours, à chaque fois ça me fout la trouille, glisse un ouvrier au ministre, comme s'ils se connaissaient depuis toujours. Puis il lui tend une fiasque qu'il sort de sa poche :

– Un coup de gnôle ?

Sans même répondre, le ministre happe la bouteille et la vide en trois goulées.

– Eh ben on a soif, dans la politique !

– Je vous prie de m'excuser…

– Y a pas d'offense. M'sieur Eiffel, je pense qu'il faudrait rcmontcr lc ministrc, là !

Lockroy jette un regard de gratitude à l'ouvrier, qui est déjà retourné à sa tâche. Tandis qu'on les hisse tous deux dans le boyau, le ministre reprend ses esprits.

– Ce n'est pas très rassurant, tout ça. Du reste je commence à recevoir des lettres de gens très inquiets. Les riverains sont furieux…

Eiffel ne pensait pas avoir cette conversation avec Lockroy dans un puits à échelons.

– Il faut les laisser parler…

– Prenez ces plaintes au sérieux, Eiffel, insiste Lockroy.

Le ciel de Paris lui semble un avant-goût du paradis. Il a beau faire gris, un sinistre crachin d'hiver arrosant le Champ-de-Mars, le ministre se croit au plus beau du printemps. L'air libre ! Enfin !

Les journalistes se précipitent.

– Monsieur Lockroy, vos premières impressions ?

– Qu'avez-vous vu en bas, monsieur le ministre ?

– Pensez-vous que cette tour va supporter la proximité de la Seine ?

– Parlez-nous de ces caissons hydrauliques !

Retrouvant sa morgue politique, Lockroy considère l'ensemble des journalistes avec satisfaction.

– Ce sont là des questions techniques auxquelles seul monsieur Eiffel est en mesure de répondre.

Puis il se tourne vers Eiffel, qui vient lui aussi de sortir du boyau. L'ingénieur s'apprête à prendre la parole, mais il est coupé par un jeune reporter :

– Et les plaintes, qu'en faites-vous ? Cette pétition des artistes qui sont tous opposés à la construction de cette tour ?

Le visage de Lockroy se fige et, assez lâchement, le ministre se tourne vers l'ingénieur comme on murmure « Qu'est-ce que je vous disais ? »

– 26 –

Bordeaux, 1860

La foule était bouche bée. Cette passerelle était un chef-d'œuvre ! Ils avaient suivi sa construction de loin, tournant la tête lorsqu'ils passaient près du chantier. Mais aujourd'hui, par ce chaud dimanche d'août, les Bordelais prenaient le temps de la regarder et s'avouaient fascinés.

– Monsieur Pauwels, c'est magnifique !

– On dirait de la dentelle !

– Vous êtes un artiste !

Pauwels plastronnait, allant d'un groupe à l'autre pour recueillir ces brassées de fleurs. Toute cette jolie société s'était mise en grande tenue pour cette inauguration estivale, sous un ciel lourd et sombre de fin d'été.

Alors que l'entrepreneur écoutait un nouveau compliment, l'un des ouvriers objecta :

– Faites excuse, mais le vrai artiste, c'est quand même m'sieur Eiffel.

Sur ces mots, il désigna l'ingénieur, en retrait, qui observait avec une certaine ironie ces cancans et ces frous-frous.

– Eiffel ? Qui est monsieur Eiffel ?

Pauwels se composa un visage affable et claqua des doigts pour que Gustave s'approche.

– Absolument ! Gustave Eiffel est mon ingénieur en chef. Un jeune homme plein de talent, plein d'avenir.

Eiffel s'inclina, mais prit Pauwels par le bras. Il semblait lutter contre une anxiété sourde. Depuis ce matin, quelque chose le chiffonnait, sans qu'il puisse dire quoi. Sans doute étaient-ce les orages du mois d'août, mais il n'aimait pas cette pesanteur, comme si une menace rôdait.

– L'équipe est arrivée ? demanda Gustave.

– Oui, ils sont tous là.

– Avec leurs femmes ?

– J'en ai bien l'impression.

– Et le maire ?

– Il vient d'arriver, fit Pauwels. Regardez-le, là-bas, au buffet : il boit une bière. Il a l'air assoiffé !

– Avec cette chaleur, je le comprends, dit Eiffel, en tirant son faux col.

Pauwels était surpris par la fébrilité de son ingénieur.

– Ça ne va pas, Gustave ? Vous devriez être heureux aujourd'hui. Elle est finie, votre passerelle. Et je sais bien que les compliments que je reçois vous sont destinés.

Eiffel fut surpris par l'honnêteté de Pauwels. Cette concession cachait-elle autre chose ?

Alentour, tout le monde trinquait, se félicitait, ouvriers et bourgeois se mélangeaient. C'était une bien jolie inauguration. Mais Gustave restait grave et aux aguets.

Un petit homme à moustache tapa dans ses mains :

– Messieurs-dames, c'est l'heure de la photo ! Je vais avoir besoin de toute l'équipe, sur la rive, au pied du pilier !

Branle-bas de combat chez les ouvriers, qui confièrent leur verre à leurs épouses, compagnes, filles, pour trottiner jusqu'au bord de la Garonne. Les femmes étaient si fières de leurs hommes !

Pauwels posa une main amicale sur le dos d'Eiffel.

– Venez, Gustave. Cette photo va faire le tour de la France…

Mais Eiffel rechignait à bouger, guettant toujours l'entrée du chantier, désespérément vide.

– Eh bien ? s'impatienta Pauwels. On n'attend plus que nous.

– On ne va pas faire la photo sans les Bourgès !

Pauwels aurait voulu rester impassible, mais n'y parvint pas. Son visage se crispa et ses yeux devinrent fuyants.

– Venez, je vous dis…

Gustave Eiffel avait donc raison : quelque chose se tramait.

– Que se passe-t-il ? Pourquoi faites-vous cette tête ? Où sont les Bourgès ?

Pauwels ne savait plus quoi répondre. Voilà des mois qu'il redoutait cette conversation, mais il ne pensait pas qu'elle aurait lieu ici, le jour même de l'inauguration. Louis Bourgès ne lui facilitait pas la tâche ! Voici quelques jours encore, Pauwels déjeunait dans le parc de la grande propriété, sous de vastes parasols, *en famille*. Bourgès parlait à Gustave comme s'il était son futur gendre, et nul n'y aurait vu une comédie, car les deux hommes affichaient une vraie complicité. Le riche Bordelais n'avait pas eu de fils et se comportait avec Gustave de façon ouvertement paternelle. Quant à la mère, elle redoublait d'attentions, de sourires, elle qui pouvait être si distante, si froide. Pourtant, Pauwels et le couple connaissaient l'issue de l'affaire. Mais, les semaines passant, Louis Bourgès semblait avoir oublié la réalité de cet accord, au point qu'il était permis de douter : aurait-il changé d'avis ? En un sens, cela était indolore pour Pauwels : la passerelle était presque achevée, le reste n'était qu'une affaire privée. Peut-être le grand bourgeois estimait-il que ce jeune Eiffel serait finalement un bon parti pour sa fille, laquelle semblait si heureuse, à ses côtés, si épanouie. Hélas non… L'absence des Bourgès le jour de l'inauguration de la passerelle était la preuve que rien n'avait changé. Gustave vivait un triomphe qui allait être une trahison. Et c'était à Pauwels de donner le premier coup de Jarnac.

Il prit le bras de Gustave.

– Venez faire cette photo, Eiffel, je vous en supplie.

Mais l'ingénieur ne bougeait plus. Dans sa bouche, un seul mot :

– Adrienne…

À bout d'arguments, Pauwels lâcha le bras de son architecte et marmonna d'une voix piteuse :

– Je suis désolé, Gustave…

Eiffel se raidit et gagna en chancelant la sortie du chantier.

– 27 –

Paris, 1887

Encore une journée épuisante ! Durant hiver, la pluie n'aidait pas, mais les hommes travaillaient sous terre. Avec l'été, ce chantier au grand soleil donne l'impression de bâtir en plein désert. Les ouvriers doivent sans cesse s'asperger d'eau fraîche, vider leurs gourdes, essorer leurs casquettes trempées de sueur. Quand il n'est pas sur le terrain, Gustave travaille dans cette petite baraque en retrait du pilier nord-ouest, où il revérifie tout, inlassablement : les calculs, les mesures, le bon enchaînement de chaque mouvement. Cette tour est la plus complexe des horlogeries, un redoutable château de cartes que la moindre imprécision peut jeter à terre. C'est d'ailleurs bien cela qui inquiète les riverains. Tant que les travaux étaient invisibles, ils espéraient encore. Maintenant que la tour a commencé de naître à l'orée du Champ-de-Mars, ils ne peuvent plus se voiler la face : il existera bel et bien, ce gigantesque pylône que la République impose devant leurs fenêtres. Finie, la jolie vue sur les arbres, la perspective jusqu'au Trocadéro ou l'École militaire. Sans compter qu'elle va faire de l'ombre, cette construction. Voler leur soleil.

Chaque jour, Eiffel est en butte aux furieux qui l'alpaguent lorsqu'il arrive ou repart du chantier. Il y a toujours un ou deux protestataires de l'autre côté de la grille, pancarte en main, pour brailler sa colère. Selon qu'il soit de bonne ou mauvaise humeur, Eiffel est diplomate ou cassant, mais toujours il les éconduit. Alors les gens écrivent, des lettres, par milliers…

– Il y en a au moins deux cents aujourd'hui… fait Compagnon, préoccupé, en vidant un sac de jute sur le bureau d'Eiffel.

Gustave est en train de se changer derrière un petit paravent – lorsqu'il rentre à la maison, il ne veut pas embrasser ses enfants avec des vêtements couverts de boue et de poussière.

– Donne-m'en un florilège…

Dents serrées, Compagnon ouvre une première lettre.

– Le lampadaire de la honte…

Gustave ricane en nouant sa cravate.

– Pas mal. Une autre ?

– Une verrue sur Paris…

Haussement d'épaules.

– On me l'a déjà faite. Les gens se plagient, c'est dommage…

La décontraction de Gustave inquiète souvent Jean Compagnon. L'ingénieur ne prend pas assez au sérieux l'opinion publique. Achevant de fermer son veston, Eiffel s'avance vers les lettres et les brasse avec une grimace comique, comme l'avare ses pièces d'or. Puis il en choisit une au hasard, la décachette et commence à la lire. Compagnon le voit blêmir avant qu'il ne froisse la lettre pour la jeter au panier.

– Je ne suis pas très populaire, concède-t-il en prenant son manteau à une patère.

– Tu sais que les riverains exigent non seulement l'arrêt des travaux, mais aussi le démantèlement complet de tout ce qu'on a monté depuis six mois ?

– Ils n'arriveront à rien, réplique Gustave, qui pose son chapeau sur sa tête et vérifie l'ensemble de sa mise dans un petit miroir.

– Détrompe-toi. Ils ont déjà dressé une liste des nuisances et des dangers, attestés par des mathématiciens, des géologues. Ils en sont même à chiffrer les morts que la tour va faire en s'effondrant !

Nouveau rictus agacé d'Eiffel, qui ne semble pas inquiet pour autant.

– Tu devrais lire la presse, insiste Compagnon.

À cette remarque, Gustave se raidit. La presse… C'est vrai qu'elle l'a longtemps soutenu, cette presse parisienne. Gustave croyait Restac tout-puissant, mais une fois le projet lancé, validé, le journaliste a pris ses distances. Ils ne se sont presque plus revus depuis l'an dernier. En un sens, cela arrange l'ingénieur : il a besoin de toute sa concentration, de toute sa force d'âme pour attaquer son monstre de métal. Et puis lorsqu'il est avec sa tour, il est un peu avec elle. Pourtant, la simple vision d'Adrienne le chavire. Bien sûr qu'il pense à elle ; chaque jour, la savoir là, à Paris, dans la même ville que lui, l'apaise et l'inquiète, le rassure et le crispe. Mais que peut-il faire à cela ? Sa jeunesse est loin. Les douleurs doivent appartenir au passé. Seule compte cette folie architecturale, cette verrue, ce lampadaire de la honte… Et ce ne sont pas quelques lettres d'injures qui vont le dévier de sa mission !

– En plus de ça, reprend Compagnon, Meunier est venu me voir : les gars veulent une augmentation…

Gustave souffle, épuisé.

– Tu sais mieux que moi que c'est impossible…

– Ils menacent d'une grève… Ils disent qu'ils risquent leur vie, maintenant que ça monte.

Décidément, rien ne lui sera épargné.

Gustave ouvre la porte de sa baraque et fait signe à Jean de sortir, pour qu'il puisse la verrouiller. Tous les plans de la tour, y compris la précieuse maquette, sont ici. Il ne faudrait pas qu'à ce cortège d'avanies s'ajoute un cambriolage.

– Ils ont toujours su que ça allait monter.

– Le savoir est une chose. Passer ses journées en équilibre en est une autre…

D'un même mouvement, les deux hommes lèvent la tête vers le gigantesque échafaudage. La vue est prodigieuse ! Comme les quatre points cardinaux, les quatre piliers ont commencé de jaillir du sol. Ils rappellent ces squelettes d'animaux du temps passé dont on ne sait s'ils sont les vestiges d'une époque mythique ou le fruit d'un savant fou, qui s'est plu à inventer l'aube des êtres. Arachnéennes, ces quatre structures montent vers le ciel, arrêtées à mi-parcours ; bientôt elles s'uniront à la perfection, pour former le premier étage de la tour. Que ça va être beau ! Parfois, Gustave en a les larmes aux yeux. Savoir que lui, le petit ingénieur dijonnais, va, pendant plusieurs années, offrir à Paris, à la France le plus haut bâtiment du monde… cela mérite bien quelques lettres d'injures, non ? Ces protestations ne sont que les poux sur la tête du lion. Des peccadilles.

Mais Compagnon lui rappelle toujours l'autre réalité de ce projet : son coût.

– N'oublie pas la clause du Conseil de Paris, Gustave : vingt jours consécutifs d'interruption et on devra tout démonter à nos frais, sans recours possible. Aussi on ferait bien d'éviter une grève…

– On l'évitera, on l'évitera, grommelle Eiffel en flattant avec tendresse une poutrelle de métal. Il ne veut pas penser à tout cela. C'est précisément le boulot de Jean. Lui, il veut sa tour, juste sa tour.

– Ah oui, encore une chose…

Eiffel commence à en avoir assez.

– Quoi encore ?!

– On a le Vatican contre nous.

Gustave éclate de rire. Il n'a jamais pu souffrir les calotins, gardant de ses années de collège des souvenirs de fessées et de pénitences.

– Ça, c'est plutôt une bonne nouvelle.

– Le pape a déclaré que la hauteur de la tour était une humiliation pour Notre-Dame-de-Paris.

Cette idée met en joie l'ingénieur, qui gagne d'un pas allègre la sortie du chantier. Il fait une température exquise – avec le soir, la chaleur tombe et le ciel de Paris a ce rose duveteux des crépuscules d'été.

– Le pape devrait plutôt nous remercier : grâce à nous on se rapproche de Dieu…

Compagnon est parfois horripilé par le déni de son associé. Lorsque Gustave est buté, rien ne peut le détourner. Il paraît même aveugle à certaines réalités.

– Tu peux faire des boutades, tout cela va finir par nous porter malheur…

Eiffel regarde Compagnon avec une affection sincère. Voilà tant d'années qu'ils se connaissent, travaillent ensemble. Jean reste le même : anxieux, inquiet, pinailleur.

– Tu es superstitieux, maintenant ?

– C'est toi qui ne comprends pas, Gustave. Tout Paris se soulève contre ta tour. Rappelle-toi cette pétition des artistes, aux premiers jours du chantier, cet hiver…

– Des artistes ! Tu parles…

– Gounod, Sardou, Dumas, Coppée, Maupassant, et même ton cher Charles Garnier. Oui, j'appelle ça des artistes…

Gustave Eiffel perd sa légèreté. S'il se moque des railleries, il a été blessé par cette pétition très officielle, très violente, qui avait circulé dans les milieux artistiques parisiens en janvier. Certains de ses vieux amis, comme Charles Garnier, ont en effet dénoncé le projet de la tour de trois cents mètres. La polémique avait fait long feu, car l'État avait plus à faire avec la montée en puissance du général Boulanger et les crises franco-allemandes, mais les salons parisiens en avaient beaucoup parlé. Une fois de plus, Antoine s'était montré discret, lui qui avait si souvent noyauté les oppositions…

– Qu'est-ce qu'ils croient, tous ces « artistes » ? Qu'un ingénieur ne sait pas faire du beau parce qu'il fait du solide ? Ils ne comprennent pas que les véritables fonctions de la force sont toujours conformes à l'harmonie ?

– Ce n'est pas moi qu'il faut convaincre, Gustave, mais eux…

Ce disant, il désigne une pile de panonceaux laissés sur la chaussée, à la porte du chantier, par des protestataires qui n'ont pas eu le courage de les rapporter chez eux.

Gustave se penche pour en prendre un : « Paris n'est pas à vendre. » Puis il le jette contre un autre : « La tour à la ferraille. »

– Il fait quoi, ton Restac ? N'est-ce pas lui qui est censé s'occuper de tout ça ? La presse, la réputation ? Je te rappelle que jusqu'à l'achèvement du premier étage, on y est de notre poche. Alors seulement l'État prendra le relais de nos finances…

Maintenant, Gustave est blême. Voilà des semaines qu'il recule devant cette idée. Il a toujours détesté quémander. Et puis il sait ce qu'une simple entrevue peut provoquer. Mais a-t-il seulement le choix ?

– Tu as raison. Je vais en parler à Antoine…

– 28 –

Paris, 1887

Ces engins ont-ils de l'avenir ? Depuis quelques années, on en voit de plus en plus, dans les rues parisiennes, qui amusent les badauds et effrayent les chevaux. Combien de ruades ont-elles déjà provoquées, d'ailleurs ? Donc d'accidents…

« C'est le progrès, Monsieur Eiffel ! », entend-il souvent. Gustave veut bien l'admettre, mais il faudra que ces « automobiles » soient plus rapides, plus silencieuses, moins imprécises. Pour lors, ce sont d'amusantes curiosités techniques réservées à des nantis.

Les émoluments d'un journaliste ne doivent d'ailleurs pas permettre de s'offrir un tel joujou, mais Eiffel se rappelle l'appartement d'Antoine, au parc Monceau. Tout y trahissait une fortune confortable, pour ne pas dire opulente. Aussi cette automobile dans laquelle il l'emmène faire un tour au bois de Vincennes n'est-elle qu'un luxe parmi tant d'autres.

– Avoue qu'on est bien, fait Restac, qui tressaute, les mains vissées à son volant.

Gustave préfère regarder les jolies allées du Bois, par cette matinée de juillet. Il y a encore peu de monde, malgré le beau soleil. Il aperçoit çà et là des promeneurs, des amoureux qui s'embrassent, des familles qui installent un déjeuner sur l'herbe. C'est une vraie forêt que ce bois aux portes de Paris, et Gustave songe qu'il devrait y venir davantage. Familier du bois de Boulogne, il trouve Vincennes moins corseté. D'ailleurs les quelques passants qui les remarquent accourent, effarés, alors qu'à Boulogne les voitures automobiles sont plus fréquentes.

– Mince alors ! fait un garçonnet à son camarade.

Tous deux montrent l'engin du doigt, sans comprendre de quoi il s'agit.

Restac rosit de fierté et sourit à Eiffel. C'est d'ailleurs la première fois qu'il sourit vraiment depuis leurs retrouvailles. Jusqu'à présent, Antoine s'est montré froid, ne parlant que de sa voiture. Eiffel avait voulu le voir chez lui, mais Antoine a proposé de se rejoindre à la Nation. Malgré lui, Gustave en a conçu un pincement au cœur. Tout comme il a été déçu de ne pas apercevoir la silhouette d'Adrienne lorsque l'auto est apparue à l'orée de la grande place circulaire. Mais pourquoi l'aurait-elle accompagné ? Eiffel avait bien dit qu'il devait parler de son travail, de ses projets.

Dès qu'il l'a fait monter dans son automobile, Antoine s'est montré glaçant, presque hostile. Gustave a trop de fierté pour lui en demander la raison. Adrienne a-t-elle dit quelque chose ? Eiffel est persuadé que non. Dire quoi, au reste ? Évoquer une amourette vieille de trente ans ? À quoi bon agiter des mauvais souvenirs. Une fois de plus, Gustave pense juste que Restac a changé de marotte : Eiffel et sa tour ne l'amusent plus. L'ingénieur a pourtant besoin du journaliste. Aujourd'hui plus que jamais.

– Personne ne veut mettre un sou dans ta tour, le rembarre aussitôt Antoine, à qui Gustave finit par avouer ses problèmes. Tu vas devoir compléter avec tes propres finances…

– Tu penses vraiment ?

– Ils ont tous peur du scandale…

Ce mot lui semble absurde.

– Quel scandale ? Il n'y a pas de scandale.

Restac se tourne vers Eiffel et dit d'un ton presque enjoué :

– Tu t'es mis tout le monde à dos, on dirait…

– Les banques me lâchent, avoue l'ingénieur.

– Tu sais depuis le début que l'entreprise est risquée.

Pourquoi cette froideur ? Ce refus manifeste de lui tendre la main ? Quelques articles et l'opinion publique pourraient tout à fait retrouver le sourire. Les gens sont des moutons…

– Je suis sur la corde raide, Antoine. Si on a le moindre problème sur le chantier, c'est la faillite pour l'entreprise…

Moue fataliste de Restac, qui frotte son volant comme s'il voulait le lustrer, satisfait de son éclat.

– Je te l'accorde, c'est navrant…

Décidément, Antoine est sourd à dessein. Mais Gustave ne veut pas s'avouer vaincu. Affectant la même décontraction, il laisse son regard se perdre dans les bois. Il aperçoit même un couple enlacé qui jaillit d'un bosquet pour y replonger aussitôt. Puis il se lance :

– Peux-tu faire quelque chose ?

Restac reste vissé à la route, sans ciller, comme s'il venait d'apercevoir un spectre.

– Je peux faire beaucoup de choses, dit-il d'une voix blanche, comme un médecin annonce une mauvaise nouvelle.

Gustave en frémit.

Puis, alors qu'il s'apprête à remonter au front, la voiture s'arrête brusquement.

– Et merde ! fait Restac, qui saute au sol et scrute l'engin, tout à coup perdu. Pas au point, ces machines…

Gustave descend à son tour et tente de lui venir en aide. Mais il ne connaît rien à ces mécaniques.

Un nuage passe au même instant devant le soleil, changeant l'atmosphère des lieux. Les arbres deviennent moins amicaux, l'air plus menaçant. Surtout, il n'y a plus âme qui vive alentour.

– Ne t'en fais pas, dit Antoine, d'une voix sinistre, si on croise des malfrats, j'ai ce qu'il faut…

Ce disant, il écarte un pan de son veston et Gustave aperçoit la crosse d'un pistolet…

– Tu te promènes avec ça ?

Restac ne répond pas, mais fixe Gustave avec une intensité agressive, puis il replonge dans les entrailles de son automobile.

– Ah, je crois savoir ce que c'est…

– Elle peut repartir, tu penses ? s'inquiète Eiffel.

Antoine hausse les épaules, puis tend une manivelle à l'ingénieur.

– J'espère, on va essayer… Tourne, moi je vais tenter de redémarrer.

Gustave constate à quel point ces automobiles sont difficiles à faire fonctionner. Il doit même tourner une bonne quinzaine de fois la manivelle plantée dans la proue de la voiture, à s'en déboîter l'épaule. Lorsque le moteur redémarre enfin, Eiffel est haletant, le bras en feu, et se recule pour la laisser avancer. Elle part même en cahotant.

Curieusement, Restac ne ralentit pas.

– Antoine, attends-moi !

Au contraire, l'automobile accélère sans même que son chauffeur daigne se retourner.

Gustave pourrait le rattraper, mais à quoi bon ?

Maintenant tout est clair : Antoine de Restac *sait*.

– 29 –

Bordeaux, 1860

Bourgès était là, planté sur le perron de sa maison, comme l'ogre devant son château. Il savait qu'Eiffel allait venir et il allait devoir jouer son rôle, sans la moindre joie. Il tremblait encore en songeant à la scène de la veille avec Adrienne. Mais ce n'était plus le moment de faire preuve de faiblesse. Il était trop tard, désormais. L'accident avait eu lieu et il n'était pas question de faire marche arrière.

La dimension financière de l'accord avec Pauwels semblait si triviale tout à coup ; presque obscène, au regard de ce qui s'était passé. Si Bourgès était décidé depuis longtemps, les événements l'acculaient à un choix douloureux, mais qui restait celui de la raison. Sans compter qu'Adrienne méritait mieux. Elle était sa fille unique et ce n'est pas cet Eiffel qui reprendrait l'exploitation, les propriétés, et bien sûr le rang des Bourgès dans la société bordelaise. Tout charmant qu'il fût – et Louis Bourgès s'en voulait maintenant de l'avoir accueilli comme un fils –, un ingénieur était un nomade : jamais il ne tiendrait en place. Adrienne valait plus qu'une vie de Pénélope. Le grand bourgeois n'en restait pas moins fébrile, tendu, car les images de la veille remontaient à sa mémoire. La souffrance intime d'Adrienne… Aucun homme ne devrait imposer cela à sa propre fille ! Il fallait pourtant être ferme ; il devait même se montrer sous son jour le plus hostile…

La silhouette d'Eiffel apparut à la grille, qu'il ouvrit pour se précipiter dans l'allée centrale.

L'ingénieur avait tant couru qu'il n'arrivait plus à crier. Dans sa tête, tout se bousculait, s'entrechoquait, et il n'y cherchait plus de logique. Une seule chose importait :

– A… Adrienne…

Le nom jaillit dans un filet de voix et Gustave dut s'arrêter à mi-parcours, se pliant en deux au milieu de l'allée, pour reprendre son souffle.

Bourgès n'avait pas bougé, comme la statue du Commandeur.

Eiffel se redressa, épousseta ses vêtements que la course à travers champs avait couverts de brins d'herbe, et se força à avancer jusqu'au pied du perron.

La scène était tristement symbolique. Bourgès restait au sommet des marches, comme une vigie. Et Gustave levait les yeux vers lui.

– Où est Adrienne ?

Le gros homme gardait le regard lointain, comme s'il guettait quelque chose à la lisière du parc. Parade bien piteuse : il faisait tout pour ne pas fixer Eiffel.

– Où est Adrienne, Bon Dieu ! fit Gustave en montant une première marche.

– Elle n'est pas là. Elle est partie…

En une foulée, Gustave Eiffel fut face à lui, le visage blême, et Bourgès ne put retenir un mouvement de recul.

– Partie ? Mais qu'est-ce que… Partie où ?

Bourgès avait maintes fois anticipé la scène, mais depuis hier il la redoutait. Il avait espéré que Pauwels ferait le travail, lui épargnant ce calvaire. D'autant que Georges, le maître d'hôtel, passait devant la maison.

– Bonjour, monsieur Eiffel, dit-il avec un sourire joyeux. Et bravo pour la passerelle !

Mais Bourgès lui fit signe de déguerpir et Georges rebroussa chemin.

– Partie où ? insista Gustave, qui avançait vers le gros homme d'un pas menaçant.

– En voyage. Ce matin. Avec des amis.

Eiffel ne pouvait y croire. Avant-hier encore, il dînait ici pour parler du mariage, tous ensemble.

– Je… je ne comprends pas… finit par dire Gustave, dont la rage faisait place à une profonde tristesse.

– Depuis le premier jour, vous n'avez rien compris.

Le ton de Bourgès était atrocement neutre. Un greffier de tribunal. S'il n'affectait pas ce ton, c'est lui qui risquait de s'effondrer.

Eiffel retrouvait l'homme d'affaires froid qu'il avait rencontré au début du chantier.

– Vous vous y êtes laissé prendre, comme d'autres, reprit Bourgès avec une condescendance forcée. Le jeu ne l'amuse plus, voilà tout…

– Le jeu ?!

Bourgès affecta d'être désolé et compatissant, posant même une main sur l'épaule de Gustave.

– Elle ne veut plus de ce mariage. Mais elle n'a pas eu le courage de vous le dire…

Eiffel se dégagea violemment. Adrienne n'avait pas pu agir ainsi ! Jamais elle ne serait revenue sur leur serment. Ou bien elle aurait annoncé la vérité à Eiffel ; elle avait trop d'honneur, trop d'orgueil pour cela.

– Non, cria Eiffel. Ce n'est pas vrai !!

Son cri attira plusieurs domestiques que Bourgès vit apparaître au coin de la maison ou au rebord des fenêtres, à l'étage.

– Adrienne ! fit Gustave en mettant ses mains en porte-voix. ADRIENNE !

Bourgès fit à nouveau signe à son personnel de disparaître, ce qu'ils firent avec des yeux inquiets, tant le désespoir de Gustave était palpable.

– Elle n'est pas là, je vous dis… Vous voulez fouiller la maison, peut-être ?

Gustave avait compris que c'était inutile. Mais il ne voulait y croire ! Adrienne ne pouvait disparaître ainsi, sans un mot, comme un fantôme.

Bourgès était épuisé. Il fallait que tout cela cesse.

– Bon, allez, foutez-moi le camp d'ici. Je vous l'ai dit : le jeu est terminé…

C'était la phrase de trop. Pris de furie, Gustave se jeta sur Bourgès avec une rage maladroite. L'autre ne s'y attendait pas, mais, malgré son âge, il faisait deux têtes de plus que l'ingénieur. D'un simple mouvement des bras, il repoussa Eiffel qui partit à reculons vers les marches, trébucha et dégringola jusqu'au pied du perron.

Son front frappa durement l'arête d'une marche et son visage s'écrasa contre le gravier. Lorsqu'il se releva, haletant, les yeux inondés du sang qui lui coulait de la tête, Bourgès n'avait pas bougé. Du haut de son perron, il observait l'ingénieur avec un dépit glacial et entra dans sa maison.

– Il faut partir, monsieur Eiffel, fit la voix du vieux Georges, qui aida Gustave à se lever.

– Adrienne… murmura encore le jeune homme, peinant à tenir sur ses jambes.

– Mademoiselle n'est pas là, fit Georges d'un ton désolé.

Gustave grimaça un sourire au domestique qui le regardait avec pitié.

– Ce n'est pas grave, je l'attendrai…

– 30 –

Paris, 1887

– Tu veux du thé ?

– Merci, j'en ai déjà.

Combien de fois a-t-il posé cette question ? Combien de fois lui a-t-elle fait cette réponse ? Mais n'est-ce pas là l'essence même du couple : un système mis en place par le mimétisme social depuis que l'homme tient sur ses deux jambes. Malgré les guerres, les épidémies, la science, un couple ne sera jamais qu'un couple. Bien sûr, des enfants auraient changé la donne. Ils sont cette part d'incertitude, de surprise qui peut tourner une famille en paradis ou en enfer. Mais Adrienne avait eu son accident et Antoine s'y était conformé.

– On ne peut pas tout avoir, mon cœur… lui disait-il parfois pour la rassurer lorsqu'elle voyait passer des mères entourées de brassées d'enfants, depuis leurs fenêtres, dans les allées du parc Monceau.

– Sans doute…

– Nous habitons un endroit magnifique, nous serons toujours à l'abri du besoin, nous connaissons des gens passionnants. Et nous nous aimons depuis plus de vingt ans…

Devant cette succession d'évidences, Adrienne était bien forcée d'acquiescer, car son mari disait vrai. Mais parfois elle sentait monter un vide étrange qui la prenait et la suffoquait. Elle mettait cela sur le compte de sa cicatrice, dont les douleurs remontaient çà et là, malgré les années.

Et puis, Gustave était revenu…

Elle savait qu'Antoine et lui s'étaient connus durant leurs études, mais avait vite occulté ce détail. Elle devait tout oublier de lui, c'était sa vie d'avant. Lorsqu'elle avait une famille, une innocence, un corps et un cœur purs de toute blessure. Et elle l'avait oublié, avec le temps, car Antoine n'en parlait jamais.

La tour avait hélas tout changé. Le revoir ; découvrir le trouble qui avait été le leur, dès le premier regard ; savoir qu'il était veuf, libre, encore plus lumineux qu'avant ; comprendre surtout qu'il était une porte de sortie, un ailleurs possible, une vie autre que ce confort asphyxiant dans lequel elle s'était ligotée depuis un quart de siècle.

Mais Adrienne sait que ce sont là de beaux rêves. Il y a les autres, la vie, la réputation cimentée par l'usure du temps.

Et puis il y a ce mari, qu'elle a sincèrement aimé, s'accrochant à son amour comme à une bouée pour ne pas être aspirée au fond du fleuve.

L'aime-t-elle encore, Antoine ?

Il est là, face à elle, plongé dans la presse…

L'amour est une science si floue. Lorsqu'il se drape de routine, il perd sa saveur. Mais n'est-ce pas le propre de toute union qui dure ? On ne peut avoir toujours le cœur battant, les sens en éveil, un désir brûlant. Désormais son beau fiancé est un vieux mari, auprès duquel elle se réveille chaque matin depuis un quart de siècle, et qui chaque matin lui propose du thé alors qu'elle s'est déjà servie.

Adrienne scrute Antoine, comme s'il y manquait un élément. Le front penché sur *Le Figaro*, il lit la presse, mais quelque chose a changé.

Elle a tout de suite vu qu'il avait des soupçons. Dès la première soirée chez Lockroy, l'an dernier, Antoine s'est montré surpris.

– Tu as vu comme il te regardait ?

– Cela devrait te flatter : je plais encore aux hommes.

– Ce n'est pas ça. C'est comme s'il te connaissait…

– Je n'ai jamais rencontré cet homme, Antoine.

– Je sais bien, mais peut-être que lui t'a rencontrée…

Remarque étrange, qu'Adrienne n'avait pas relevée. L'essentiel était de ne rien laisser paraître. Antoine n'avait jamais su cet amour de jeunesse et le drame qui avait suivi. Il avait rencontré Adrienne alors qu'elle avait coupé les ponts avec ses parents, et qu'elle était convalescente après son accident. Voilà vingt-cinq ans qu'elle était parvenue à maintenir cette mémoire sous cloche. Mais si, maintenant, Gustave revenait et qu'il était reçu chez eux en ami, parviendrait-elle à singer l'indifférence ?

Au vrai, hormis le jour du concours et la garden-party du ministère, ils ne se sont pas revus. Le jour de leur valse, Adrienne a bien vu le regard d'Antoine : il est évident qu'il a remarqué quelque chose, ne serait-ce que par instinct. Avec le temps, les couples se flairent, se connaissent. Mais il n'a rien dit, puisque c'était la fin de sa « mission » auprès d'Eiffel. Cela fait plus d'un an, désormais. Pourtant, Adrienne pense à Gustave tous les soirs…

– Tu as vu, remarque Antoine en relevant la tête de son journal, ça barde sur le chantier de la tour !

Restac cherche-t-il à provoquer son épouse ?

Elle répond un « ah oui » évasif, mais il continue de la scruter, guettant une réaction.

– Il y a une grève, dit-il en tournant le journal vers elle. Adrienne y voit une photographie des ouvriers, assis devant les piliers inachevés, en train de manger des sandwichs.

Elle reste impassible, mais son cœur se met à battre. Elle est moins troublée par ce qu'elle lit que par l'étrange insistance d'Antoine à vouloir la faire réagir.

– Pauvre Gustave, dit-il d'un ton comique, il est vraiment dans la panade… Ça peut mettre sa tour à bas, cette affaire.

– Pourquoi donc ?

Adrienne a répondu si vite que Restac plisse les yeux, intrigué.

– Si l'interruption des travaux dépasse un certain nombre de jours, cela rompt l'accord avec la Ville de Paris et l'État, et il devra tout remballer… Ruiné, le poète du métal !

– On dirait que cela t'amuse !

Elle a crié, furieuse du ton goguenard de son mari.

– Et toi, on dirait que ça te touche vraiment, Adrienne. Je peux savoir pourquoi ?

L'épouse se sent blêmir, car jamais son mari ne s'est montré aussi direct. Le sang se met à battre dans sa tête. Comme si une autre parlait par sa bouche, elle commence par balbutier, puis explique que ce serait trop injuste. Un si beau projet. Une si belle aventure.

– En plus, c'est aussi grâce à toi, Antoine. Sans ton soutien, il ne serait pas arrivé à ça. Et aujourd'hui, on dirait que sa chute te réjouit, comme si tu le lâchais…

– Je ne soutiens ni ne lâche personne, dit-il d'un ton glacial. Chacun est responsable de sa chute, comme de ses actes.

À nouveau il dévisage sa femme, attentif à la moindre réaction. Mais elle se ressert du thé et en propose à son époux.

– Merci, j'ai terminé…

Comme s'il était décidé à la torturer jusqu'au bout, Antoine reprend l'article et pointe une ligne, en bas de la dernière colonne.

– D'ailleurs, je crois que sa chute a commencé.

Adrienne ne répond rien et boit son thé.

– Figure-toi qu'il a disparu.

– Disparu ?

– Personne ne sait où il est. Voilà trois jours qu'il n'est pas venu sur le chantier, qu'il a quitté après une violente altercation avec les grévistes. Même sa fille ignore où il se trouve…

Adrienne n'y tient plus. Savoir Gustave seul, acculé, au bord de la ruine, alors que son propre mari en fait des gorges chaudes à l'heure des confitures…

Elle se lève et jette sa serviette sur la table.

– Pourquoi es-tu si cruel, Antoine ?

Restac la considère avec un soulagement aigre.

– Je ne suis pas cruel, je constate. Mais toi, tu me sembles très affectée. On s'en moque, non, de ce petit ferrailleur ?

C'était le mot de trop.

Sans un regard pour son mari, Adrienne marche vivement vers l'entrée et prend son manteau.

– Adrienne, où vas-tu ?!

– À Bordeaux !

Lorsque Restac arrive dans l'entrée, sa femme a déjà claqué la porte. Il se laisse alors retomber sur un grand fauteuil, défait, incrédule et triste.

– À Bordeaux… ? répète-t-il, hagard.

– 31 –

Bordeaux, 1860

Adrienne était si heureuse qu'elle en aurait pleuré de joie. Elle dansait dans sa chambre, se regardait dans la glace, respirait à pleins poumons l'air lourd de cette fin d'été, faisait des clins d'œil aux oiseaux, aux arbres, aux nuages, à toute cette nature qui semblait la célébrer. La vie était vraiment belle. Pourquoi ne pas l'admettre ? Et puis elle avait beaucoup de chance, ça aussi il fallait le reconnaître. Il fallait même « rendre grâce », pour reprendre l'expression du père Delcroix, qui venait souvent déjeuner à la table de ses parents, après la messe – et vider une bouteille de vin de Pessac à lui tout seul !

– Adrienne, le Seigneur vous a choyée ; n'oubliez jamais de rendre grâce…

Et la jeune femme rendait grâce à sa façon. En souriant à la beauté du monde, aux enchantements de la nature, à sa joie d'exister. Tout était si parfait depuis quelques mois. Elle allait épouser l'homme qu'elle aimait, au moment où il achevait son premier chef-d'œuvre.

– Adrienne, tu exagères…

– Mais si : cette passerelle est un chef-d'œuvre ! D'ailleurs tout le monde le dit, mon père le premier.

– J'espère surtout faire bien mieux.

– Tu feras mieux, toujours mieux. Car je serai à tes côtés, comme une muse.

Devant ces fanfaronnades, Gustave riait de bon cœur, mais il savait qu'Adrienne était sincère. Elle avait une admiration sans bornes pour son fiancé et sentait qu'il était à l'orée d'une carrière triomphale.

Demain, exactement à la même heure, elle lui tiendrait la main tandis que le maire de Bordeaux couperait le ruban. Toute la ville serait là pour l'inauguration. Il y aurait la presse, les gens qui comptent. Et tous les verraient côte à côte, main dans la main, comme si l'on baptisait leur premier enfant. Ce n'était qu'une passerelle de métal, mais Gustave y avait consacré sa vie, son énergie, toutes ses forces. Et puis sans elle, sans cette magnifique structure, jamais ils ne se seraient rencontrés. Ce pont était donc leur porte-bonheur.

Enfilant une robe devant le miroir de son armoire, Adrienne eut un doute. Était-ce le bon choix ? Ne faudrait-il pas quelque chose de plus sobre ? Ou alors de plus coloré ? Comment s'habillait-on pour une inauguration, d'ailleurs ?

La voilà qui bondit dans le couloir puis l'escalier en trompetant :

– Maman ? Papa ?

Les Bourgès étaient dans la salle à manger et achevaient leur petit déjeuner.

– Vous êtes encore à table ? Moi je ne tiens pas en place. J'ai l'impression que c'est *ma* passerelle qu'on inaugure demain.

Les parents se consultèrent, silencieux, le visage singulièrement fermé.

– J'ai besoin de conseil pour la robe, dit-elle en tournant sur elle-même, comme une toupie. Maman, vous en pensez quoi ?

La mère parvint à sourire, mais demanda à sa fille de s'asseoir, car elle lui donnait le tournis.

Louis Bourgès se força également à prendre une mine courtoise, mais cela confinait à la grimace.

Adrienne haussa les épaules ! Ses parents avaient souvent leurs humeurs, mais aujourd'hui hors de question qu'ils assombrissent son bonheur.

– J'ai une idée, fit-elle en laissant son regard partir vers les fenêtres grandes ouvertes sur le parc. J'aimerais qu'on se marie à Florence. Il paraît que c'est très beau, très poétique. Vous y êtes déjà allés, n'est-ce pas ?

Bourgès ouvrit un journal à même la table, comme s'il n'avait rien entendu. Quant à son épouse, elle se leva et alla fermer la fenêtre en remarquant, d'un ton atrocement faux :

– Il fait plus frais, ce matin, n'est-ce pas ? On sent que l'automne n'est pas loin.

Adrienne ne comprenait plus. Non seulement il faisait une chaleur étouffante, mais ses parents semblaient décidés à ignorer ses questions.

– Vous ne dites rien, reprit-elle, en faisant tinter une cuiller d'argent contre une carafe pleine de jus de raisin. Maman, un mariage à Florence, qu'en pensez-vous ?

Les parents savaient que ce moment devait arriver. Ils s'y étaient préparés. Mais ils en avaient toujours repoussé l'éventualité, comme s'ils ne voulaient pas y penser. Ils auraient pourtant dû répéter, car ils semblaient démunis, presque hébétés devant l'ampleur de la tâche. Nul ne brise le cœur de son enfant sans frémir.

– Adrienne, ma chérie, commença la mère, sans pouvoir finir sa phrase, le visage inondé de larmes.

Adrienne fut surprise par ce désespoir subit. Sa mère était si distante, d'ordinaire. Du couple Bourgès, le père était le plus sentimental, le plus câlin. L'épouse se montrait toujours dans la retenue, avec parfois même une pointe de jalousie tant Adrienne était le soleil de son mari. Autant de petits détails qu'Adrienne ne remarquait pas forcément, mais qui avait toujours cimenté leur relation à tous les trois.

– Oh, maman, que se passe-t-il ?

La jeune femme prit peur. Peur pour sa mère, peur qu'il ne lui soit arrivé un malheur, quelque chose qu'on lui aurait caché. Et la voilà qui se levait pour prendre madame Bourgès dans ses bras, en lui caressant les cheveux, comme on console un enfant. Pour les parents, cette réaction n'en était que plus douloureuse. Derrière un rideau de larmes, l'épouse passa le relais à son époux. Bourgès se racla la gorge et recula son fauteuil, avant de croiser les mains sur son ventre rond.

– Il n'y aura pas de mariage, Adrienne. Ni à Florence ni ailleurs…

Adrienne n'avait rien entendu. Les mots étaient parvenus à son oreille, mais tout en elle les avait repoussés. Une telle phrase était impossible. Pire : elle était contre nature.

Le père luttait pour garder des traits hostiles, paraître encore plus odieux qu'il ne l'était, car il voyait sa fille se décomposer.

– Mais papa… la passerelle est inaugurée demain… nous serons tous là pour fêter Gustave… c'est la famille, maintenant. *Ma* famille…

Bourgès secoua légèrement la tête, les yeux vissés sur une tartine grillée dont le beurre avait fondu en des formes étranges.

– Nous avons bien réfléchi, ta mère et moi… Tu ne peux pas épouser cet homme…

Non, Adrienne ne rêvait pas. Ce n'était pas une illusion. Ses parents ne jouaient aucune comédie, ils pensaient ce qu'ils disaient, ils l'avaient même réfléchi. Et sans doute depuis longtemps. Dès le début, qui sait ?

– Cet homme ? répéta-t-elle en faisant valser une chaise dont la peinture s'écailla en petites poussières blanches sous le choc.

– Franchement, ma chérie, fit sa mère après avoir avalé sa salive, tu mérites mieux que lui. Au fond de toi, tu le sais. Il n'est pas… nous ne sommes pas… enfin tu vois ce que je veux dire.

Oh ça oui, elle voyait ! Elle voyait même très bien. Mais ce sont ses parents qui allaient voir, qui allaient savoir.

Elle se plaça face à la table, droite, avec une raideur de statue, comme pour un duel. Son regard les défiait et les Bourgès n'en furent que plus désemparés. Cette journée était un cauchemar.

– De *cet homme*… j'attends un enfant.

Madame Bourgès étouffa un cri d'effroi et son mari ferma les yeux, longtemps, comme s'il ne voulait plus rien avoir à faire avec cette histoire.

– Ce n'est pas vrai, finit-il par dire en se levant à son tour. Tu mens, Adrienne…

Adrienne restait calme. Elle était même surprise de conserver une telle impassibilité, malgré la douleur de cette conversation ; ses parents ne s'attendaient pas à une telle nouvelle.

– Oui, je suis enceinte. Gustave ne le sait pas encore, mais je lui dirai demain, après l'inauguration de la passerelle. Ce sera ma petite surprise. Mon… cadeau de mariage…

Bourgès explosa :

– Va dans ta chambre ! Tout de suite !

Il vit alors dans le regard de sa fille une lueur terrifiante. Était-ce de la folie, de la résignation, de la témérité ? Ou juste une volonté sans faille ?

D'un bond, elle se rua vers la porte-fenêtre, qu'elle ouvrit en grand, et se précipita dehors.

– Adrienne, où vas-tu ? cria sa mère.

Le père restait tétanisé, comme s'il ne savait plus quoi faire.

– Louis ! Va la chercher, je t'en supplie ! Tu sais bien qu'elle est capable de tout.

Oui, Bourgès le savait. Il était même terrorisé par ce qui pourrait arriver, désormais. Secouant sa grande carcasse, il rassembla ses forces et se rua dans le parc.

– 32 –

Paris, 1887

Adrienne aime marcher seule dans Paris. Partir à l'aventure, ne pas savoir où ses pas vont la mener, n'avoir de comptes à rendre à personne. Dans sa vie si réglée, si minutée, ce sont des poches de liberté qu'elle est toujours parvenue à conserver, même si son mari voit la chose d'un mauvais œil. Non qu'il craigne qu'elle rejoigne des hommes, mais Adrienne aime à explorer des zones moins sûres que les pourtours de la plaine Monceau. Souvent elle gagne le bord des fortifications, les hauteurs de Belleville ou les venelles des Halles. Mais jamais elle ne fait de mauvaises rencontres, comme si elle était protégée. Sans doute les gens lisent-ils sur le visage de cette belle femme aux yeux félins qu'elle n'est pas tout à fait de ce monde, qu'elle vient d'ailleurs et y retournera, qu'elle est quelqu'un d'autre. Qui ? Adrienne de Restac elle-même ne le sait pas, mais voilà si longtemps qu'elle a le sentiment de vivre une vie parallèle, d'avoir obliqué son destin alors qu'il était tout tracé, d'avoir pris un chemin de traverse pour se perdre dans la forêt de ses propres contradictions. Pourtant, aujourd'hui, il lui semble revenir en arrière. Non qu'elle marche à reculons, mais elle croit, au plus profond d'elle-même, qu'elle a enfin retrouvé la route qui mène à son passé, à cette clairière merveilleuse qu'elle n'aurait jamais dû – et jamais voulu – quitter. Étrange certitude qui la fait avancer le visage clair et les yeux plus grands que le monde. Rien ne lui dit que Gustave sera là-bas. Cela fait plus d'un an qu'au détour de cette valse, au ministère du Commerce, il lui avait soufflé cette adresse, comme un secret. Pension des *Acacias*, rue des Batignolles. Jamais elle ne l'avait oubliée. D'autant que ce n'est pas loin de chez elle. Il n'est qu'à longer le boulevard, dépasser les voies de chemin de fer et obliquer à gauche, dans ce petit quartier si différent du sien. Ici, pas de beaux immeubles, de fiers hôtels, de riches échoppes. C'est le Paris populaire que décrit Zola dans ses livres (qu'Antoine déteste tant et dont Adrienne dévore chaque nouveau volume). Un quartier d'artisans, de commerçants, de masures branlantes, de chaussée trempée, de gamins à casquettes, de mauvais garçons qui vous reluquent, d'arrière-cours ténébreuses, de fenêtres sans vitres, et avec cela une énergie, une bonhomie, une joie de vivre qu'elle ne trouve jamais dans les voies compassées, si rectilignes, si impeccables de Monceau.

– Pardon, madame, je cherche la pension des *Acacias*.

La vieille femme dévisage cette grande bourgeoise. Puis elle plisse les yeux avec une moue coquine.

– Une belle femme comme vous, chez madame Goula ? Vous croyez vraiment ?

– Vous connaissez l'endroit ?

La petite dame hausse les épaules et resserre ses doigts autour d'un cabas qui déborde de légumes.

– Pour ce que j'en dis… C'est la petite maison en retrait de la rue, là-bas, sur la droite. Vous voyez la grille et les branches ? C'est là…

– Merci, madame.

– Ne me remerciez pas trop tôt…

Quelle curieuse femme ! Mais Adrienne a l'habitude de croiser des personnages étranges lors de ses virées solitaires.

Les Acacias est une charmante maisonnette qu'on croirait tirée de la campagne. Sans doute est-ce le vestige des premiers âges de ce quartier, lorsqu'il était un village loin de Paris, sur les hauteurs qui dominaient la vallée de la Seine. Une grille rouillée, un jardinet sauvage, des fleurs en massifs, un rosier qui court sur la façade, encadrant la porte, et puis cet écriteau « Les Acacias, pension de famille ».

Rien de bien inquiétant ! Cette femme aura voulu l'effrayer, mais c'est peine perdue.

Adrienne sonne et attend longtemps avant qu'une voix traînante lance un « voilà, voilà » et ouvre la porte.

L'âge de madame Goula ? Adrienne serait en peine de le dire. Des airs de sorcière maquillée pour aller au bal. Elle se recule pour laisser entrer Adrienne, qui pénètre dans un vestibule aux murs couverts de peintures licencieuses.

– Mon mari était artiste, s'excuse la taulière, comme ça ne vaut rien, je les ai gardées. Il est mort pendant la Commune…

Adrienne se force à sourire et observe le petit salon sur lequel débouche le vestibule. Elle y aperçoit une dizaine de personnes, hommes et femmes de tous âges, qui jouent aux cartes ou lisent en silence.

– Si vous voulez une chambre, je suis complet…

– Je ne veux pas de chambre, rassurez-vous.

Je n'ai pas besoin d'être rassurée.

Cette dame est décidément peu agréable.

– Je suis venue voir monsieur Eiffel.

– Monsieur qui ? fait la taulière en obliquant la tête, comme un vieux chien qui n'entend plus.

– Eiffel…

– Ah, il n'est pas chez moi…

– Et un monsieur… Bonickhausen ?

Le visage de la vieille s'éclaire brusquement, et elle perd son hostilité.

– Vous voulez dire monsieur Gustave ?

Le cœur d'Adrienne s'emballe.

– Il est ici ?

– Pour y être, il y est bien ! Un de nos clients les plus réguliers. Généralement il vient une nuit, toujours seul, qu'il passe à rêver à la fenêtre comme s'il attendait quelqu'un.

Adrienne frémit.

– Mais voilà trois jours qu'il est ici, et c'est la première fois qu'il reste si longtemps. D'autant qu'il n'a pas bougé de sa chambre. Il m'a demandé de poser le plateau devant sa porte, mais il ne mange presque rien. J'espère qu'il n'est pas malade.

Madame Goula se raidit, craignant d'avoir trop parlé.

– Vous êtes une femme honorable, au moins ? Je tiens une maison correcte, vous savez ?

– Rassurez-vous, improvise Adrienne, je suis sa sœur.

– Oh bah, alors, rosit la taulière, je me disais bien que vous aviez un air de famille.

Puis elle désigne un petit escalier de l'autre côté de l'entrée.

– Je vous laisse monter : c'est au deuxième étage sur la droite. Chambre numéro 16.

– Merci, madame…

*

* *

Adrienne reste longtemps devant la porte. Les doutes remontent. Est-ce la route à choisir ? Le moment qu'elle a tant guetté depuis vingt-cinq ans ? Ou bien une nouvelle illusion, une énième farce du destin ? Mais Adrienne Bourgès n'a jamais aimé reculer. Elle prend même les devants et entre sans frapper…

L'odeur lui saute au visage. Un fumet âcre, où se mélangent tabac, alcool, et ce lourd parfum de corps d'homme qui macère.

La pièce est si sombre – les volets sont clos, les lampes éteintes – qu'elle doit habituer ses yeux.

Alors elle le voit.

Plutôt elle aperçoit la lueur de sa cigarette, comme une luciole au crépuscule ; et puis sa silhouette, prostrée dans ce grand fauteuil entouré de bouteilles vides qui jonchent le parquet.

Dans cette vision, quelque chose l'effraye ; comme si elle regrettait d'être venue ; n'aurait-il pas mieux valu conserver de tout cela un regret, une nostalgie, cette prodigieuse armoire à mémoire qui lui avait permis de traverser la vie jusqu'ici ? Trop tard : elle est allée trop loin. C'est l'autre Eiffel qu'elle a sous les yeux : un homme faible, chaviré, broussailleux, dont elle distingue enfin le regard malgré la pénombre.

– Gustave, murmure-t-elle d'une voix tremblante.

Petit rire triste.

– Tu as fini par venir. C'est bien…

Il tente de se redresser, mais n'en a pas la force. Elle voit sa silhouette qui s'extirpe du fauteuil, mais y retombe, prisonnière.

Avec une allumette, il redonne vie à sa cigarette. Le temps d'une flamme, Adrienne voit son visage épuisé, mais elle aperçoit aussi la douceur de son regard, dans lequel se lit la joie de la savoir ici, et la tristesse de ces années passées loin l'un de l'autre.

– Je me suis souvenue de l'endroit, tu vois, dit-elle d'un ton qu'elle voudrait léger. Puis elle s'agenouille devant lui.

– Ça m'aura pris un an…

Gustave se renfrogne et secoue la tête de gauche à droite.

– Non, Adrienne. C'était il y a vingt-cinq ans qu'il fallait venir…

Adrienne voudrait répondre, mais les larmes l'empêchent de parler.

– 33 –

Bordeaux, 1860

Ne pas penser. Ne pas réfléchir. Garder sa respiration. Parvenir à courir, sans trébucher. Et surtout : fuir. Fuir ces gens, fuir cette caste, cette morgue, cette bêtise. Alors comme ça, elle méritait mieux ? Mériter quoi, d'ailleurs ? Un gros bourgeois confit dans sa respectabilité, comme son père ? Pour s'éteindre peu à peu, au fil des ans, dans l'ennui et l'éclat de cette vie bourgeoise, comme sa mère ? S'asphyxier de règles, de principes, de déjeuners de notables, de vins d'honneur, de triomphes municipaux, de toute cette existence provinciale aussi riante que les fonds de la Garonne ? Jamais ! Mais pour échapper à tout cela, il fallait courir. Courir vers cette grille du parc qui était le dernier obstacle avant sa liberté.

– Adrienne ! rugit son père, encore loin derrière elle.

Elle se retint de se retourner, pour ne surtout pas ralentir sa course. Il fallait le garder à distance. Ne pas prendre le risque qu'il puisse la rattraper. Quand bien même, le gros Louis Bourgès haletait sur la pelouse, peinait au bout de cinq mètres, devait reprendre sa respiration.

Dans la tête d'Adrienne, le sang battait à lui brûler le cerveau. La sueur inondait son visage. Sans compter cette nausée rampante qui l'envahissait depuis quelques jours. Mais ça, c'était son soleil. La jolie surprise qu'elle ferait à Gustave, demain. Ou ce soir, d'ailleurs.

Maintenant qu'elle fuyait, plus rien ne pourrait les séparer. Elle irait se réfugier chez lui. Ou dans la cabane du chantier, ils y avaient leurs plus jolis souvenirs. Ses parents ne pourraient rien dire : elle n'était plus une enfant, et Gustave saurait leur tenir tête. Gustave : son homme, son amour, son héros.

Arrivée devant la grille, elle déchanta.

– Fermée… haleta-t-elle, en secouant la porte close par une grosse chaîne.

Tous les matins, c'était Georges qui ouvrait. Pourquoi pas aujourd'hui ? Par quel sombre hasard fallait-il que, précisément ce matin, il n'ait pas marché jusqu'à l'entrée du parc.

– Tant pis, murmura-t-elle en commençant d'escalader les grilles.

– Adrienne ! Ne fais pas de bêtise ! hurla la voix de son père dont elle entendit le pas s'accélérer… puis se rapprocher.

Elle était maintenant à mi-parcours. Si elle se hissait encore un peu, elle atteindrait le faîte des grilles. Mais c'est là qu'il fallait être adroit. Les piques y étaient aussi pointues que des épées, et même les pigeons s'y empalaient, au grand effroi de madame Bourgès.

Cette idée fit frémir Adrienne, mais elle donna une dernière poussée, et atteignit le sommet de la grille.

– Adrienne ! Bon Dieu ! Descends ! C'est trop dangereux !

Épuisé, à bout de souffle, son père était au pied de la grille, la bouche ouverte, tout son corps écumant de sueur et d'effroi.

De là-haut, comme il semblait chétif, le père Bourgès. Adrienne fut même saisie d'un éclat de rire nerveux qui manqua lui faire perdre l'équilibre. Elle devait pourtant être prudente. Ses pieds tenaient entre les pointes des lances, et le moindre faux mouvement la précipiterait sur le pal.

– Adrienne, ma chérie, implora son père. Redescends…

Sa fille le fixait, muette, défiant son regard avec une joie assassine. Bourgès ne récoltait que ce qu'il méritait.

– Reparlons de tout ça à tête reposée, reprit-il d'une voix cauteleuse. Ta mère et moi avons peut-être pensé trop vite. On peut trouver un arrangement, j'en suis certain…

Adrienne était sidérée.

– Un arrangement ? Vous voulez dire que vous êtes prêt à négocier ?

Le père n'osait plus rien répondre, d'autant que sa fille, ivre de rage, commençait à se balancer dangereusement au sommet de la grille.

– Je ne suis pas un de vos clients, papa. Je sais que pour vous tout s'achète, mais pas moi.

Désignant son ventre, elle ajouta :

– Pas… lui…

Bourgès était désemparé. La scène lui semblait figée à jamais et il était à bout d'arguments. Alors dans un mouvement désespéré, il commença à escalader la grille.

La vision était si ridicule qu'Adrienne fut prise d'un nouveau fou rire, car le gros homme ne trouvait aucun point d'appui, glissait contre le métal, écrasant son visage sur la serrure.

Elle rit même si fort qu'il en devint rouge de colère.

– Adrienne, ça suffit maintenant !

Lors, d'un bond spectaculaire, il s'élança et parvint à saisir le pied de sa fille. C'était le geste de trop.

Tout se passa très vite.

Dans un cri de surprise, Adrienne bascula en avant, mais fut retenue dans son élan, comme un oiseau frappé en plein vol.

– Adrienne ! hurla Bourgès, éclaboussé par le sang de sa fille.

– 34 –

Paris, 1887

– Cet accident a sonné le glas de notre enfant, et de tous ceux que j'aurais pu avoir…

Gustave est effondré. Jamais il n'aurait pensé cela. Personne ne lui avait rien dit. Tout avait été étouffé…

Il pose ses doigts sur cette cicatrice qu'Adrienne lui a dévoilée, alors qu'elle achevait son récit. Une étrange ravine rose, presque artistique, qui lui tranche le ventre, depuis le nombril jusqu'à l'aine. Dehors, il fait déjà nuit. Elle a parlé si longtemps, avec difficulté, remontant le cours de sa mémoire pour que Gustave n'en perde pas un détail, car cette histoire est la leur. Par la fenêtre, ils entendent le bruit d'un fiacre et les hennissements des chevaux.

– J'aurais vraiment pu mourir, reprend-elle, mais les médecins de Bordeaux ont fait des miracles…

– Le miracle, dit Gustave, qui s'est agenouillé devant Adrienne et passe un doigt sur ses joues, son front, ses lèvres, son cou, c'est que nous soyons ici, tous les deux, enfin…

La gorge nouée, comme s'il luttait contre les larmes, il avoue avec peine :

– Je ne pouvais parler de toi à personne. Je ne savais pas où tu étais. Je me suis senti trahi, abandonné…

Adrienne caresse à son tour le visage de Gustave :

– Pourtant j'étais là… Je lisais tout sur toi. Les articles, les livres, les entretiens… Il n'y avait pas une semaine sans que je ne trouve quelque chose te concernant. Tu ne peux pas savoir combien j'étais fière… combien *je suis* fière…

Adrienne est à bout de mots, à bout de forces. Jamais elle n'avait revécu cette dernière scène. Jamais elle n'en avait parlé à qui que ce fût, elle non plus. Même Antoine ne savait pas, qui l'avait rencontrée après le drame, alors qu'elle était convalescente. Il savait juste qu'un stupide accident l'avait privée du don de la vie, et que s'il l'épousait il devrait renoncer à avoir des héritiers…

Mais Adrienne aurait-elle voulu un enfant de quelqu'un d'autre ? Vingt-cinq ans ont passé, et cette question n'a plus de sens. Son premier amour est là, devant elle, le visage creusé, la barbe grisonnante, les yeux cernés, ridés, mais il a conservé cette flamme, cette énergie, qui l'avait séduite, dès leur rencontre.

Lorsque Gustave se lève et la prend par la main, Adrienne se laisse faire. Puis, très doucement, ils marchent vers le lit. Cela devait-il se passer ainsi ? Ne devrait-on pas laisser certains souvenirs dans l'écrin de la mémoire ? N'est-il pas trop tard ? Ne sont-ils pas trop vieux, trop usés ?

Mais la mémoire des corps est la plus forte. Alors qu'il lui ôte un à un ses vêtements avec délicatesse, elle se souvient. Ou plutôt non, passé et présent se confondent, pour devenir un temps absolu, immédiat. L'homme qui la prend dans ses bras, qui la couche sur ce lit, qui l'embrasse avec tant de douceur n'est plus le jeune ingénieur fougueux de vingt-six ans, ni le célèbre homme d'affaires quinquagénaire. C'est juste Gustave. Son Gustave. Tout comme elle n'est plus qu'Adrienne. Ils sont là, tous les deux.

Tandis qu'elle sent le plaisir hérisser sa peau, comme une vague qu'elle n'a pas ressentie depuis des années, Gustave murmure à son oreille :

– Je ne te laisserai plus jamais partir. Jamais.

– 35 –

Paris, 1887

– Eiffel se moque de nous, je vous dis !

La voix de stentor résonne jusqu'à l'autre bout du chantier. Les ouvriers opinent, plantés à ses pieds. Brénichot a toujours été le plus gueulard d'entre eux, le plus violent aussi. En même temps, c'est un homme d'honneur et de principe. Jamais il n'irait trahir les gens qui le respectent. Mais lorsqu'il se sent grugé…

Déjà, on n'a pas eu un sou de ce qu'on a réclamé, et puis maintenant ça…

Debout sur une pile de poutrelles enchevêtrées à même le sol, l'ouvrier brandit des feuilles de papier, sous les huées de l'équipe.

C'est presque par hasard s'il est tombé dessus ce matin. Comme si cette découverte devait confirmer la grève qui bloque le chantier depuis six jours. Car rien ne va plus, au pied de la tour. Dès que l'équipe a annoncé son arrêt de travail, au lieu de prendre le taureau par les cornes – comme tous s'y attendaient, prêts pour beaucoup à céder tant ils admirent et respectent leur patron –, Gustave Eiffel a disparu ! Hasard ? Coïncidence ? Accident ? Fuite devant ses responsabilités ? Personne n'en sait rien, sinon que les travaux sont immobilisés et ce n'est pas ce malheureux Compagnon qui va remettre les hommes au boulot. Ils veulent être payés à hauteur du danger qui augmente. Les quatre piliers grimpent chaque jour un peu plus vers le ciel. D'ici quelques semaines, ils se rejoindront pour former le premier étage. Mais à quel prix ? Un salaire de misère ! Et puis surtout ça : ces documents que Brénichot a trouvés dans la baraque d'Eiffel, au pied du pilier nord-ouest. Il y est entré ce matin, décidé à fouiner pour en savoir plus, ne serait-ce que pour comprendre la disparition de son patron. Mais ces quelques pages ont suffi… Elles confirment que cette grève est plus que fatale : elle est nécessaire.

– Regardez où ils en sont, les Établissements Eiffel ! Mis en demeure ! Ça dit que si dans deux mois on n'a pas atteint le premier étage, on remballe !

Grande vague de colère chez tous les ouvriers qui se regardent avec incompréhension, comme si tous se sentaient floués. Comme si on leur avait menti.

– Ça veut dire qu'il n'y a plus de tour, plus de chantier, plus rien ! Et nous, alors ? Où est-ce qu'on sera, nous, si…

– Il a raison !

En un instant, le chantier se tait. Il est des voix naturellement autoritaires devant qui on fait silence. Et c'est dans un silence étrange, à la fois surpris et soulagé, que Gustave Eiffel traverse la petite foule.

Alors qu'ils devraient être encore plus rageurs, ils sont étonnés par la clarté de son visage. Il n'est pas d'autre mot : Eiffel est lumineux.

Lorsqu'il grimpe au sommet des poutrelles, à côté de Brénichot, il le considère avec tant de bienveillance que l'ouvrier en perd ses moyens. Et tous ressentent ce profond sentiment de familiarité, de sécurité, bien qu'il n'ait pas encore dit un mot.

– C'est vrai, commence Eiffel, en donnant une tape amicale sur l'épaule de Brénichot, lequel fait une grimace agacée. Il se fait quand même voler la vedette.

– C'est vrai, Brénichot a raison, on est dans la merde…

Conscient qu'il doit tenir son audience comme des chevaux prêts à s'emballer, Eiffel mesure ses effets.

– On ne peut augmenter personne – vague de protestation immédiate – *pour l'instant*… – le brouhaha s'apaise à nouveau.

Les ouvriers sont prêts à l'écouter, mais tous les visages se sont rembrunis. Gustave regarde ses embryons de tours qui s'élèvent vers le ciel de Paris. Un même ciel qu'il regardait encore, ce matin, depuis la fenêtre de leur chambre des *Acacias*. Ils étaient si bien, tout était si beau, si évident. Et tout prend tellement sens, désormais.

– Le premier étage, reprend l'ingénieur, en tendant son bras au-dessus de lui, nous n'allons pas y arriver dans deux mois… mais dans quinze jours !

Tous les ouvriers éclatent d'un rire mauvais. Leur respect s'envole à tire-d'aile. Eiffel se moque vraiment d'eux !

– Sans blague, raille Brénichot, l'œil assassin. Et comment comptez-vous faire ça ?

Sur un ton d'évidence, Eiffel désigne le pilier à sa gauche.

– Une grue par pilier, chacune installée sur les rails des futurs ascenseurs. Comme ça, vous pourrez monter une bonne partie du matériel sans effort, du moins sans danger. Et surtout, beaucoup plus rapidement.

À nouveau, les ouvriers sont désarçonnés. Aucun n'avait pensé à cette solution.

– Dans quinze jours, on y est…

Eiffel sent remonter la confiance, à mesure que les ouvriers se frottent le visage, froncent les sourcils, tournés vers le fameux pilier. Brénichot n'entend pas se laisser aussi aisément embobiner.

– Oui, mais nous, alors, dans tout ça ?

Eiffel le prend à nouveau aux épaules.

– Nous : c'est vous et moi ! Parce qu'on est engagés ensemble dans ce projet ! Des problèmes, il y en aura d'autres, demain, après-demain. Je n'ai pas l'argent pour vous augmenter aujourd'hui. Mais demain, je l'aurai !

Nouveau silence embarrassé ; les ouvriers ne savent plus à quel saint se vouer. Certains travaillent pour Eiffel depuis plus de dix ans : ils savent que l'ingénieur est un homme d'honneur, qu'il n'a jamais trompé personne. Mais là, ils s'approchent tous du précipice. Il n'est plus temps de faire du sentiment ; la fidélité s'arrête au seuil des besoins réels, du danger.

– Et la sécurité, fait un des hommes, qui sort de la foule et s'avance au pied des poutrelles métalliques, vous y pensez ?

Gustave esquisse un sourire. Il sait qu'il faut en passer par là. Il doit regagner le respect et la confiance de ses hommes, quoi qu'il en coûte. Aussi saute-t-il des poutrelles jusqu'au sol, comme un jeune homme. Puis il gagne, quatre à quatre, le pied du pilier. Médusés, les ouvriers le voient ôter sa veste, la jeter par terre, et attaquer l'ascension de la structure à mains nues…

Ils n'en reviennent pas. D'autant que les poutrelles, si neuves, sont très glissantes, et qu'il est en chaussures de ville.

Lorsque, dix bons mètres au-dessus deux, son pied dérape et qu'il manque chuter, l'un des ouvriers glapit :

– M'sieur Eiffel, faites attention quand même.

Cette empathie le regonfle ! Le voilà qui escalade sa tour avec une agilité de singe, surpris par sa propre aisance. Au fond de son cœur, il sait qu'il a de nouveau vingt-six ans et cette certitude le rend invincible.

Arrivé à mi-hauteur, il accroche ses deux bras au-dessus de lui et se laisse à moitié pendre dans le vide. De là-haut, il ne voit plus les détails des visages, mais une armée de faces brunes, rougeaudes, qui ne fait plus le moindre bruit.

– On va aller jusqu'à ce fichu premier étage, et après je double votre salaire, ça vous va ?

Un instant, les hommes ne répondent pas. Puis, l'un d'eux crie un « ouais ! » confiant, qui bientôt devient un concert enthousiaste.

– Cette tour, c'est celle de la France, mais c'est surtout la nôtre ! La mienne, la vôtre !

Les hommes sentent remonter la confiance. Ils avaient besoin de lui, il fallait qu'il soit là. Ils s'étaient sentis abandonnés, mais s'il est ici, les galvanisant comme il le fait en ce moment, ils sont capables de monter jusqu'à la Lune.

– C'est ensemble qu'on a commencé cette tour, c'est ensemble qu'on va l'achever…

Une vague de joie parvient jusqu'à lui, et certains ouvriers entreprennent même de le rejoindre en agrippant les poutrelles. Mais Gustave ne regarde plus en bas. Les yeux perdus au loin, le cœur battant, il sourit au soleil et se demande si au même instant, dans leur douce parenthèse, Adrienne est enivrée par le même bonheur.

– 36 –

Paris, 1887

Gustave Eiffel fut-il jamais plus heureux ? Avait-il déjà connu une telle plénitude ? Comme si la course folle dans laquelle il s'était lancé voici près d'un demi-siècle trouvait non point sa fin, mais une cohérence nouvelle, une belle et sincère évidence.

Retrouver Adrienne, la reconquérir, ce n'est pas revivre sa jeunesse, ce n'est pas ressusciter un passé enfoui, encore moins sombrer dans la nostalgie : c'est poursuivre ce qui a été interrompu.

Bien sûr, la vie de Gustave, son mariage, ses enfants ne furent en aucun cas des pis-aller, encore moins une attelle afin de tenir toutes ces années. Mais il éprouve une telle force, tout à coup, une telle énergie ; sentir Adrienne entre ses bras redonne sens aux choses. Comme si elle incarnait ce nombre d'or chéri des architectes.

Il en est de même pour son ancienne fiancée. Adrienne revit, elle aussi. Toutes ces années sous cloche, à l'abri dans ce cocon de confort mitonné par le pauvre Antoine – le mari virant geôlier et la maison, cachot – lui avait fait oublier la prodigieuse saveur du vrai. Une notion si simple, si bête, mais qui prend tout son sens lorsqu'elle se plonge dans les yeux de Gustave : la sincérité.

Bien sûr les années ont passé, bien sûr ils ont vieilli, mais l'amour a cela de grand qu'il transcende les âges, qu'il abolit le temps, qu'il propulse un couple dans une dimension dépourvue de toute chronologie. Seules existent la logique des sentiments, la douce musique des sens, de la joie partagée, une complicité que nul ne peut comprendre sinon eux-mêmes, car ils en sont les maîtres d'œuvre.

Et puis, il y a cette surprise presque suffocante de se réveiller l'un à côté de l'autre, comme un rêve qui se poursuivrait au-delà du sommeil. Un de ces rêves qui donnent sens à la vie.

Malgré la fougue enivrante de leurs retrouvailles, les deux amants doivent pourtant composer avec le réel. Gustave Eiffel est l'un des bâtisseurs les plus célèbres de France, Adrienne de Restac la femme d'un des échotiers les plus en vue. Pas question que l'on vienne abîmer leur bonheur. On ne les séparera pas une nouvelle fois !

Il s'agit donc d'être discrets, de jouer avec les ombres, de ne pas se « faire prendre ».

– Nous sommes comme des pensionnaires qui se retrouvent après l'extinction des feux, dit Gustave à Adrienne, un soir qu'elle vient à nouveau le rejoindre aux Batignolles.

– Je n'ai jamais été en pension, objecte-t-elle en posant sur la petite table de quoi mitonner un dîner : du pain, des côtelettes à griller dans la cheminée, et une bouteille de pommard (depuis son accident, elle n'avait plus jamais bu un verre de bordeaux !).

– Heureusement, dit Gustave en l'enlaçant avec douceur, pour l'entraîner sur le lit. Sinon nous serions tous tombés amoureux de toi.

Adrienne éclate de rire.

– J'ai toujours rêvé d'avoir une escorte et puis…

Eiffel ne lui laisse pas finir sa phrase et pose une main sur sa bouche.

– J'ai décidé de ne plus te partager.

Il lui arrache ses vêtements sans se soucier des boutons qui sautent sur le parquet, dans un cliquetis sec.

*
* *

Ainsi sont leurs soirées, leurs nuits, des semaines durant. Nul ne s'en étonne, car Gustave passe ses journées sur le chantier. Quant à Claire, elle ne pose aucune question, ne s'offusquant pas de découvrir la chambre de son père intouchée, le lit encore fait, lorsqu'elle arrive au petit jour avec les enfants, pour le réveiller.

– Où est papa ?

– Il passe souvent sa nuit sur le chantier de la tour.

– Papa travaille tellement…

– Cette tour c'est un son grand amour, vous le savez bien ?

– Ce n'est pas nous ?

– Si, bien sûr, mais avec les artistes, il faut savoir partager…

Claire est-elle sincère ? Ne se doute-t-elle de rien ? Bien sûr que si, mais elle voit son père si lumineux depuis quelques semaines, si épanoui, si heureux, qu'elle préfère ne pas en savoir davantage et respecte un bonheur aussi manifeste. D'autant que cette joie est contagieuse : sur le chantier, les ouvriers sont galvanisés par l'enthousiasme de leur patron.

– M'sieur Eiffel, on dirait que vous avez vingt ans !

– Cette tour me donne une nouvelle jeunesse, que voulez-vous ? Voilà tant d'années que j'en rêvais : la voir en vraie est une cure de jouvence.

Disant cela, Gustave ne sait s'il parle de la tour…

D'ailleurs il peine à garder le silence, son secret pour lui.

Il voudrait parler d'Adrienne, crier son nom, chanter sa beauté, sa douceur, avec une fougue presque puérile. Il doit souvent se dompter pour ne pas tout raconter à Compagnon, qui ne se retient pas de poser certaines questions :

– Gustave, que se passe-t-il ? Je ne t'ai jamais vu comme ça. Tu ne râles presque plus.

– Et tu t'en plains ?

– À la longue, je m'étais habitué.

Hilarité de Gustave, qui donne de bonnes tapes dans le dos de son collaborateur avant de monter quatre à quatre les marches de la tour, pour atteindre les prémices de ce premier étage qu'ils espèrent avoir bouclé d'ici quelques jours.

Car tout se combine si bien, tout se met en place avec une telle évidence, que Gustave en a le tournis. Il réalise le chef-d'œuvre absolu, la synthèse de ses rêves ; il possède, au même instant, l'œuvre et la femme de sa vie.

En un sens, c'est Adrienne qui lui garde les pieds sur terre.

– Sinon, ton univers se limiterait à tes journées au Champ-de-Mars et tes nuits ici, avec moi, dit-elle en lui apportant la presse, les dernières parutions littéraires, les comptes-rendus des spectacles en vogue à Paris.

– Je me moque bien de tout ça, dit-il, avec une grimace, en brandissant ce *Horla* qu'Adrienne lui a offert. « Ce Maupassant est un traître : encore un qui a signé la pétition l'hiver dernier. Et puis, il a beau se draper dans sa dignité, c'est un débauché, un fou. Je l'ai souvent croisé… »

Adrienne s'enroule autour de son amant et susurre d'une voix exagérément vénéneuse :

– Parce que tu n'aimes pas la débauche, toi ?

Gustave se détend, mais cette fameuse pétition le blesse encore. Il s'est vraiment senti trahi.

– Au moins Hugo et Zola n'ont pas participé à cette mascarade, dit-il en désignant *Choses Vues* et *La Terre*, autres parutions récentes qu'Adrienne lui a apportées aux *Acacias* et qu'il a rangées dans la bibliothèque sans les lire…

– Ils ne t'ont pas non plus défendu…

– Ils m'accordent le bénéfice du doute et ils attendent de voir ma tour « sur pied », si je puis dire. Ce que je hais, ce sont tous ces mauvais génies qui jugent sans savoir, sans voir…

Force est d'avouer que, hors de leur retraite d'amoureux, la période est tendue. Une fois de plus, c'est Adrienne qui tient Gustave au fait des maux du monde. La France reste à couteaux tirés avec l'Allemagne, car l'occupation de l'Alsace et de la Moselle est une plaie ouverte. En avril, on a frôlé le conflit pour une histoire d'espionnage mal élucidée. La popularité du général Boulanger, surnommé le général Revanche, s'en est vu accrue. Aux yeux d'une partie de la population, lui seul peut redonner sa fierté à la France, son orgueil. Le pays aura beau faire preuve d'une plénitude technique et scientifique – comme la tour Eiffel en est la plus parfaite illustration –, la France reste mutilée et humiliée. Et Boulanger excite la veine revancharde avec une telle efficacité que le gouvernement s'en effraye. Voilà pourquoi on tente maintenant de le museler, de l'écarter, en l'associant à des affaires peu reluisantes de trafic de décorations, dans lesquelles rien ne prouve pourtant qu'il ait trempé.

– Cet homme en fait trop, remarque Gustave. Il veut nous replonger dans la guerre.

– Tu dis ça par crainte qu'un conflit vienne interrompre tous tes chantiers ? demande Adrienne, qui connaît bien son Gustave.

Eiffel concède qu'il est si heureux, que tout est si parfait, que la moindre anicroche ruinerait cet équilibre si longtemps cherché.

– Et le pays, dans tout ça ? rit Adrienne, qui aime l'égoïsme pyramidal de son amant.

– Le pays ? Je lui ai déjà beaucoup donné. Maintenant, c'est à toi que je veux me consacrer.

– Moi… et ta tour, non ?

– Tu sais bien que c'est un peu la même chose…

– 37 –

Paris, 1887

La lumière rasante filtre à travers les arbres de plus en plus dénudés. Les tons sont bruns, luisants, avec cette odeur si caractéristique des sous-bois en novembre : un fumet d'écorce et d'étang.

Lorsque Adrienne a proposé cette promenade en forêt, Gustave a objecté qu'il ferait froid, que l'automne était bien avancé, qu'à la fin novembre les sous-bois étaient gorgés d'humidité, qu'ils reviendraient peut-être malades.

– Mais oui, grand-père, a-t-elle ri en caressant son visage.

Il n'a rien trouvé à objecter…

Maintenant qu'ils sont allongés dans une herbe sèche jonchée de feuilles mortes au parfum enivrant, à l'abri du vent et sous un soleil étonnamment tiède, Gustave sait que pour rien au monde il ne voudrait être ailleurs.

– Je t'ai un peu volé à ton équipe, concède Adrienne en jouant avec une brindille qu'elle laisse fureter sur le visage de Gustave.

Il rit, appuyant davantage sa tête sur les genoux de sa maîtresse.

– On est si bien, souffle-t-il, tout est si joli, si calme.

Adrienne dit vrai : il a donné leur journée aux ouvriers pour les féliciter de l'exploit de la veille : avoir atteint le premier étage ! Et ils l'ont fait dans les temps, comme l'ingénieur l'avait annoncé et comme le contrat avec l'État le stipulait. Oh, personne n'a ménagé sa peine depuis la fin de la grève. Eiffel avait annoncé quinze jours et cela a pris un mois et demi, mais ils ont évité la banqueroute et c'est bien la seule chose qui compte. Ils méritaient donc bien cette journée de repos en pleine semaine.

– On vous verra, demain, à la fête, m'sieur Eiffel ? a demandé Brénichot.

– Je pense que je vais m'autoriser une grasse matinée, a confessé l'ingénieur. Et vous devriez tous faire de même. Après une journée comme la nôtre, le sommeil ne fera de mal à personne.

– Une journée ? a ri Brénichot. Vous voulez dire une semaine, un mois !

L'ouvrier disait vrai : la vie s'est tellement accélérée, cet automne ! Y repensant, le corps allongé dans les bruyères, Gustave croit s'être démultiplié, avoir vécu vingt vies. Il a pourtant rarement eu l'impression d'être à ce point lui-même. Dieu sait s'il a dansé sur la corde raide depuis le mois de septembre. Non content d'arrêter une grève, il a dû affronter ses créanciers lors d'une séance au Crédit lyonnais, à la mi-septembre, où il s'est retrouvé devant un conseil de banquiers cacochymes et inquiets qui lui annonçaient l'arrêt de tout crédit. Ces barbons n'étaient pas effrayés par la solidité de l'édifice, mais doutaient de sa rentabilité ! Aucun d'eux ne pouvait imaginer que les badauds veuillent grimper trois cents mètres au-dessus de Paris. Par bravade – Compagnon en est devenu blême –, Eiffel a tout bonnement rompu son association avec le Crédit lyonnais, au point d'y fermer ses comptes personnels, société, filiales ! Désespoir de la banque qui ne s'attendait pas à un divorce si radical.

Mais Gustave a bel et bien changé : il ne veut plus transiger ; avec une fougue adolescente, il a préféré faire confiance à la petite Banque franco-égyptienne, hypothéquant tous ses biens, pourvu qu'il puisse poursuivre l'édification de sa tour.

– Je continue, même si je dois m'endetter sur mille ans, tu comprends ? avait-il asséné à Compagnon, effondré.

– Non, je ne comprends pas…

Mais maintenant que le premier étage est atteint, Gustave sait qu'il a bien fait. Lui qui n'a jamais été joueur, qui s'est toujours méfié du hasard, s'est pourtant fié à sa bonne étoile.

– Tu es mon porte-bonheur, Adrienne, dit-il en relevant le buste pour happer ses lèvres.

Elle sourit et l'embrasse doucement.

– Si on pouvait être juste comme ça, toujours… dit-elle en s'adossant au tronc de ce hêtre qui les accueille depuis la fin de la matinée. Autour d'eux, les reliefs d'un pique-nique de campagne ; même quelques vêtements qu'ils ont oublié de remettre, lorsqu'ils se sont rhabillés avant de déjeuner.

– Être toujours comme ça, dans l'herbe ? demande Gustave en souriant.

– Dans l'herbe et heureux, oui…

Gustave fait mine de se tortiller sur lui-même.

– On s'ennuierait. On aurait mal au dos. Il y a des fourmis.

Adrienne éclate de rire et caresse le front de son amant, passant ses doigts dans ses cheveux poivre et sel.

– *Tu* t'ennuierais, corrige-t-elle.

– Toi aussi. Et puis, il n'y a pas de fleuve dans lequel se jeter.

À cette image, le sourire d'Adrienne se fane un instant, comme on se rappelle le temps qui passe ; puis elle sent remonter la félicité, une forme de sagesse douce, de confiance.

– Je suis si fière de toi, mon amour…

Elle aussi a vécu mille vies, depuis leur nuit aux *Acacias*. Dès qu'il le peut, Gustave l'emmène sur le chantier, une fois les ouvriers partis. La nuit est leur complice, car jamais Adrienne n'aurait osé monter sur ces échelles si ténues, ces escaliers à claire-voie en plein jour. Elle suit pourtant Eiffel, manquant parfois perdre l'équilibre, mais toujours il la retient. Et qu'ils sont bien, là-haut, seuls, comme au sommet d'une montagne, à la proue d'un navire, le visage fouetté par le vent d'automne. Parfois, elle surprend sur le visage d'Eiffel une passion si grande, si absolue, qu'elle ne peut cacher sa surprise.

– Tu la regardes avec des yeux…

– Qui donc ?

– Ta tour.

– Tu es jalouse ?

À ce faux reproche, Eiffel rit, mais il ne peut nier sa passion dévorante pour cette œuvre si folle. Elle couronne tout ce en quoi il croit, ce qu'il a entrepris depuis le début de sa carrière. Et Adrienne est devenue la pierre angulaire de ce couronnement, la raison d'être de tant d'années de travail. La jalousie d'Adrienne n'est que passagère. C'est le lot de toutes les femmes de créateurs que de partager un homme avec son art. Et puis il sait si bien en parler, si bien la passionner. Lorsqu'ils ne montent pas sur la tour, il l'emmène de nuit dans ses bureaux, à la découverte de ses maquettes, ses projets, leurs photographies, lui dévoilant tout ce qu'il a réalisé depuis sa fuite de Bordeaux, il y a vingt-sept ans. Et Adrienne s'en montre passionnée. Elle ne ménage jamais ses questions, revenant toutefois toujours à la tour. Elle essaye de comprendre la structure même de cet édifice révolutionnaire, à la fois prodigieux et aberrant, qui ne cesse de provoquer débats et scandales dans les dîners parisiens. Lorsque le sujet arrive dans la conversation, Adrienne se retient toujours de monter au front. Elle a beau être discrète, ne jamais s'afficher avec Gustave, vérifier la validité de chacune de ses « excuses », elle vit à Paris. Elle est même une Parisienne en vue, mariée à l'un des échotiers les plus féroces. Le métier d'Antoine n'est-il pas, souvent, de faire courir des bruits, de colporter des calomnies ? Et c'est précisément l'attitude de son mari qui inquiète le plus Adrienne… Depuis des semaines, Antoine reste impassible, presque inerte. Jamais il ne demande à sa femme d'où elle vient, jamais il ne la questionne. Il se contente de lui sourire, mais ne lui adresse presque plus la parole. En un sens, cette indifférence est plus difficile à vivre qu'une jalousie franche et assumée. Tout juste Restac s'autorise-t-il un petit sourire triste et acide lorsqu'il surprend Adrienne à lire un article sur la tour, ou que le nom d'Eiffel apparaît au détour d'un dîner parisien. Pour le reste : rien. Pas un reproche, pas une attaque. Antoine et Adrienne vivent sous le même toit comme deux étrangers.

– Parfois il me fait peur, tu sais !

– Il t'a dit quelque chose ?

– Non, et c'est pire. Il me regarde, il sait, et il ne dit rien…

Gustave en frissonne. Il connaît Antoine depuis toujours. Dans leur jeunesse, il se rappelle avoir entrevu une lueur de folie dans ses yeux bleus. Un regard de squale ; ces yeux qui se couvrent d'une fine membrane lorsqu'il passe à l'attaque.

– Il te ferait du mal ?

Adrienne affecte une moue évasive.

– À moi, non…

Silence. Gustave n'ose répliquer. Il ne veut pas qu'Antoine de Restac vienne abîmer ce moment si doux, où ils sont si heureux. Mais c'est plus fort que lui.

– Tu veux qu'on arrête, c'est ça ?

Nouveau sourire apaisant d'Adrienne, qui se penche sur Eiffel et embrasse encore son front, le bout de son nez, ses pommettes, son menton, son cou. Tout sauf ses lèvres, qu'elle évite à dessein, avec un petit œil grivois.

– Tu es bête, Gustave.

Mais l'ingénieur ne plaisante pas.

– Tu veux qu'on arrête de se voir ?

Adrienne se redresse et reprend sa pause, contre le tronc du hêtre. Au-dessus d'eux, un pic-vert vient d'attaquer l'écorce, et elle s'étonne d'en voir un si tard en saison. Enfant, elle passait son temps dans les bois de ses parents, et rien ne la rendait plus heureuse que les soupirs de la forêt.

– Je vais lui parler… dit-elle à mi-voix.

– Quand ça ?

– Ce soir. Quand nous serons revenus à Paris…

Le cœur d'Eiffel s'accélère et il se sent pris d'un vertige bien plus puissant que lorsqu'il avance en funambule sur les poutrelles qui réunissent désormais les quatre piliers pour former le premier étage de sa tour.

– Tu es sûre de toi ?

Adrienne le regarde avec une intensité incendiaire.

– Et toi, Gustave. Tu es sûr ?

Sans répondre, il happe son cou et l'embrasse, à l'étouffer.

– 38 –

Paris, 1887

Adrienne est rentrée plus tôt pour attendre son époux. Elle sait que le mercredi, Antoine vide des bocks avec ses amis échotiers chez *Marguery*, sur les Boulevards, et qu'il revient chargé de cancans. Elle a pris un long bain, non pour se purifier de cette journée en forêt, mais pour réchauffer son corps avant cet affrontement dont la perspective la glace.

Gustave lui a pourtant répété qu'ils avaient le temps, qu'ils pouvaient attendre encore un peu, que cette clandestinité possédait une magie adolescente, le charme d'un secret ; mais Adrienne est décidée : ce sera ce soir.

Et la voilà assise au coin du feu, dans ce grand salon que la nuit a gagné, seulement éclairé par la lueur des flammes.

Elle regarde cette grande salle avec une certaine stupéfaction. Tout lui semble lourd, pataud, appuyé. Ainsi elle a pu vivre ici pendant tant d'années ? Y trouver du plaisir, un équilibre ? De la joie, même ? Désormais, cela lui semble abstrait. Elle considère cette maison comme un décor de théâtre. Elle ne joue plus une pièce, mais entre enfin dans la vie. Voilà vingt-six ans qu'elle était coincée entre deux actes. Et lorsque le visage de Gustave s'impose dans son esprit, lorsqu'elle pense à l'odeur de son corps, à la puissance de ses gestes, l'extraordinaire volonté de tout cet être, sa vie sous cloche lui semble terriblement dérisoire.

– Adieu, Adrienne, dit-elle comme on chante une comptine, en jetant dans le feu une photo d'elle et Antoine, qu'elle a trouvée dans un tiroir.

Au fond d'elle, une petite voix lui souffle que ce geste est cruel et inutile. Voilà bien longtemps qu'Antoine est mort pour elle, qu'ils vivent en parallèle, qu'il passe ses nuits au *Chabanais*, ou chez l'une de ses admiratrices de pacotille qui aime sa verve et guigne son porte-monnaie. Adrienne se réjouit pourtant de voir la figure de son mari se gonfler, se déformer, se muer en auréole, en bubon, puis noircir et s'enflammer. D'ailleurs son propre visage subit la même mue sur les braises de l'âtre. Mais Adrienne a déjà opéré sa métamorphose. La salamandre est hors du feu, le chat a trouvé sa nouvelle vie. Il ne reste plus qu'à clarifier les choses, qu'à les *dire*.

Adrienne consulte la pendule du salon : neuf heures et demie, et Antoine n'est toujours pas rentré. Pourquoi faut-il qu'il soit en retard à l'instant précis où elle désire lui parler ? La vie a toujours des ironies acides.

Pour tromper son attente, elle feuillette le dernier livre de Gyp que l'on s'arrache dans les salons ces jours-ci, et dont le titre annonce ironiquement sa soirée : *Joies conjugales*. Mais elle ne parvient pas à se concentrer plus de trois phrases. Bien vite les mots dansent devant ses yeux, son esprit bat la campagne, file par la fenêtre et rallie les bords de Seine, au pied de la tour. Demain soir, c'est là qu'elle sera. Elle rejoindra Gustave, libre, heureuse, et tout pourra enfin commencer.

À la demie de dix heures, la porte de l'entrée claque violemment. Adrienne sursaute : elle s'était endormie. Dans la cheminée, le bois est presque consumé. Les dernières braises donnent au salon une lueur de caverne et quand Antoine entre dans la pièce, la lumière de l'entrée semble brûlante.

– Tiens, tu es là ?

Antoine est surpris de la trouver ici, mais il détourne vite la tête et dodeline jusqu'au bar, qu'il ouvre d'une main malhabile.

« Il a bu… », songe Adrienne en se raidissant, car cela ne va pas faciliter les choses. Lorsqu'il est ivre, Antoine peut devenir sanguin, même violent. Elle l'a vu en venir aux mains, se battre comme un terrassier, à même le trottoir, avec des gens qui lui avaient manqué de respect. Et son ébriété ne va pas s'arranger, puisqu'il se verse un grand verre d'absinthe, les doigts tremblants, avant de venir s'asseoir sur le fauteuil en face d'elle, de l'autre côté de la cheminée. Avisant le feu, il tend le bras et saisit une grosse bûche qu'il jette dans l'âtre. Les braises sont encore si chaudes, le bois si sec, que tout s'embrase aussitôt.

Alors, à la lueur des flammes, tous deux se voient.

Adrienne dévisage un homme aux traits creusés, aux contours crispés, avec un regard vitreux que l'alcool a rendu aigre, erratique. Antoine observe une femme qu'il ne connaît plus, un être qui partage sa vie comme on se croise au restaurant. Bien sûr, il aurait pu lutter, mais il n'en a pas eu la force. Du moins n'a-t-il pas accordé de crédit aux racontars. Alors il a laissé faire, laissé dire. Et puis lui-même a toujours eu son indépendance, autorisant Adrienne à vivre sa vie, choisir ses amies, aller où bon lui semblait. Mais maintenant que les regards biaisent, que les sous-entendus fleurissent, qu'il est affublé de surnoms, la chose est différente. Hélas, lorsqu'il se retrouve face à son épouse, Antoine de Restac est comme figé dans un mouvement ; une sorte de respect instinctif, presque craintif, qui l'a toujours saisi et qui est, malgré les années, l'ultime avatar de l'amour sincère qu'il lui a porté aux premiers temps de leur mariage.

– Tu as passé une bonne journée ? finit-il par demander, peinant à articuler, car l'absinthe vient de lui brûler la langue.

Adrienne le regarde avec sécheresse. Il n'y a plus aucune affection dans ses yeux, ni même de pitié, juste une indifférence un peu lasse et la résignation à accomplir une tâche qui n'a jamais enchanté personne.

– Je sais que tu sais, Antoine…

Restac ne réagit pas. Adrienne a pourtant bien observé : pas l'ombre d'une grimace. Tout juste prend-il les pincettes pour recadrer la bûche, qui est tombée entre les chenets, écrasant le foyer. Le feu repart de plus belle, illuminant à nouveau leurs visages.

Adrienne a le sentiment qu'on lui enserre les poumons. Ce silence devient asphyxiant.

– Dis quelque chose !

Restac persiste à fixer les flammes sans cligner des yeux, comme ces chats dont on craint qu'ils s'immolent tant ils sont hypnotisés. Puis, très lentement, il tourne la tête vers son épouse.

Adrienne est glacée par ce qu'elle voit. Le masque est tombé, enfin. Il montre son vrai visage, noir, tranchant, d'une violence froide.

– Pourquoi ne m'as-tu pas tout dit lorsque j'ai retrouvé Gustave, il y a deux ans ?

Adrienne ne sait quoi répondre. Une vraie timidité lui coupe la parole, comme si elle passait un examen. Comme si toute réponse allait précéder une punition. Tout juste parvient-elle à hausser les épaules, évasive, furieuse de se montrer si lâche.

– Et le scandale, reprend-il, presque à mi-voix, tu as pensé au scandale ?

Cette remarque redonne du courage à Adrienne. Voilà donc ce qui compte pour lui : Antoine de Restac n'est pas un mari trompé, mais un bourgeois soucieux de son rang. Il ne s'agit pas de peine de cœur, mais de calomnies, de racontars. Le journaliste est bien à l'image des entrefilets fielleux qu'il diffuse parfois dans ses colonnes, sans signature, et qui peuvent briser en deux un homme, une famille, pour le plaisir d'un calembour.

– Je me moque du scandale, Antoine.

Son mari étouffe un rire sec. À nouveau il joue avec les pincettes, arrangeant le feu comme un artiste modifie une toile, non pas en quête de perfection, mais pour trouver autre chose, un angle différent.

– Toi, tu t'en moques peut-être. Et moi aussi, à la limite…

Il se renfonce dans son fauteuil et fixe sa femme avec une joie mauvaise :

– Mais lui, Adrienne ?

– Gustave m'aime.

Antoine tressaille. Jamais la chose n'avait été dite avec tant de simplicité, cette évidence déchirante qui goutte sur son cœur comme une pluie acide. Restac est même surpris d'être encore atteint par la chose. Est-ce de la jalousie ? De l'orgueil ? Un vieil instinct de propriété ? Ou juste la confirmation que le temps a passé et que sa vie est derrière lui ?

– Je ne te parle pas d'amour, reprend-il en se resservant un verre d'absinthe. Je te parle de réputation. Et d'argent.

Ces deux mots horripilent Adrienne, qui toise son mari avec mépris. Décidément, il lui facilite la tâche.

– La réputation et l'argent : il n'y a donc que ça pour toi ?

À cette question, elle voit son époux retrouver une forme de joie mauvaise, comme s'il préparait un coup bas.

– Gustave a besoin des deux s'il veut continuer sa glorieuse carrière.

Restac se renfonce dans son fauteuil et croise les doigts sur son ventre arrondi, dans une posture de gourmand repu. Ses yeux luisent de plus en plus et il finit par sourire. Un sourire sans joie, aussi triste qu'une ruine.

– Le Conseil de Paris s'apprête à voter que les sommes allouées à la tour lui soient versées non pas au premier étage… mais au deuxième.

Adrienne perd aussitôt son assurance, car elle comprend : si les fonds attendus (et annoncés !) n'arrivent pas cette semaine, c'est la banqueroute assurée pour Gustave. Voyant qu'il reprend l'avantage, Restac affecte une mine de magot, les yeux plissés, et ajoute que le Conseil de Paris lui a justement demandé son avis à ce sujet.

– Et comme tu sais… ces messieurs m'écoutent…

Son épouse est affligée. Voilà donc ce qu'il fomentait, depuis des semaines. Voilà pourquoi il ne disait rien, laissait faire, observait sans un mot, faussement complice, préparant sa riposte avec une patience d'artificier.

Comme s'il voulait donner le coup de grâce, Restac marche jusqu'à un secrétaire dont il tire un gros dossier. Puis il l'ouvre et s'approche de sa femme, qui ne peut retenir un mouvement de recul. Ce sont des articles, des listes, des lettres, des cartes, des bristols. Tous n'ont qu'un seul et même objet : la haine d'Eiffel et de sa satanée tour.

– Tu veux lire les pétitions ? Elles sont toutes là-dedans…

Adrienne est choquée. Jamais elle n'aurait cru Antoine capable de cela. Le désamour n'est pas le mépris, mais il lui donne aujourd'hui des armes supplémentaires contre tout regret, tout remords. Il la dégoûte.

– Voilà des semaines que je collecte ces documents. Tous mes amis de tous les journaux, qui reçoivent ça par la poste, me les conservent. Pendant que vous vous aimiez, j'ai réuni un vrai petit herbier !

La joie de Restac est hideuse. Adrienne croit voir une gargouille, un reptile gluant.

– Avec tout ça, ricane-t-il, j'ai de quoi enterrer Gustave sous un tas de merde. Tu veux lire ?

Son épouse est affligée, navrée, mais aussi terrifiée. Antoine est capable de tout. Il lui suffit d'exhiber ces torrents de boue aux conseillers de Paris pour qu'ils décident que la plaisanterie a assez duré. Pour Gustave ce sera la ruine, le déshonneur, la chute libre.

– Tu me répugnes, siffle-t-elle en se levant de son fauteuil. Mais je vais vivre avec lui, tu sais ?

Restac devient blême. Ses mains commencent à trembler, tandis qu'Adrienne marche à reculons vers la porte du salon, s'enfonçant peu à peu dans l'obscurité.

– On ne nous séparera pas une seconde fois !

Antoine de Restac bondit de son fauteuil. D'un pas vif, il traverse la pièce. Adrienne sent la peur lui transpercer les poumons, mais c'est déjà trop tard. Il est devant elle, contre elle, et elle n'ose plus bouger. Son visage est traversé de mille sentiments, où dominent la colère et une sorte de jubilation atroce, comme s'il jouissait de son pouvoir. Comme on pointe une arme, il lève le dossier au-dessus de la tête de sa femme et, d'une voix très calme, lui dit simplement :

– Réfléchis…

– 39 –

Paris, 1887

Dieu que la vue est belle ! À chaque fois qu'elle monte, Claire reste sans voix. Elle a toujours eu confiance en son père, fascinée par cette volonté tenace, parfois douloureuse – il n'a pas toujours été simple d'être la fille aînée de Gustave Eiffel, surtout après la mort de leur mère. Mais elle en contemple une fois de plus les fruits prodigieux, penchée à cette balustrade, comme un balcon dans le ciel de Paris.

– Ce serait dommage de tomber aujourd'hui. Attends le troisième étage, la chute sera encore plus belle…

Claire éclate de rire et se retourne vers son père : il est radieux. Jamais elle ne l'a connu aussi heureux, aussi confiant. Il a tant changé depuis quelques mois. Gustave Eiffel a toujours été un homme pudique ; à la mort de Marguerite, il a tout fait pour protéger ses enfants de la dureté du monde, s'efforçant de leur offrir une tendresse qui, pour être sincère, n'était pas toujours simple à montrer. Mais Claire était là, douce, maternelle, aimante, présente. Et voilà que Claire à son tour va devenir une femme, bientôt une mère. Ce pauvre Adolphe a vraiment vécu un parcours du combattant, depuis trois ans qu'il travaille aux Établissements Eiffel. Mais c'était aussi une forme d'épreuve. Une Claire Eiffel, ça se mérite, et Gustave entend bien que « le nouveau » soit à la hauteur de sa fille chérie. Et tout s'est bien passé. Malgré les cahots, les angoisses, les grèves, les doutes, la tour monte chaque jour un peu plus et Claire rêve à ses noces.

– J'ai pensé qu'on pourrait tout faire dans les tons de blanc, dit Claire, alors que son père se penche à la balustrade, leurs épaules se frôlant.

Eiffel suit les acrobaties d'un de ses ouvriers, quelques mètres au-dessus d'eux, qui assemble deux poutrelles avec une virtuosité de danseur. Quelle aventure, tout de même ! Et quel beau rêve !

– Ma robe, évidemment, poursuit Claire, les yeux dans le vague, mais aussi les fleurs et les décors…

– Ce n'est pas idiot, le blanc, pour un mariage, plaisante Gustave. Bonne idée, ma chérie.

Claire lui donne une petite tape affectueuse, pour le corriger de son ironie, mais il n'en rit que davantage.

Le mariage… Et pourquoi pas, après tout ? Hier, avec Adrienne, en forêt, n'étaient-ils pas comme deux jeunes fiancés, au cœur d'une nature complice ? Maintenant qu'elle va rompre avec Antoine, qu'elle va enfin lui revenir, rien ne s'opposerait à ce qu'ils deviennent mari et femme. Ses petits auraient enfin une mère, puisque Claire prend son indépendance, puisqu'elle-même fonde son foyer. Tout semble si bien s'arranger, s'imbriquer, à l'image de ces pièces de métal qui se complètent, s'emboîtent, s'équilibrent, formant cette structure arachnéenne où ils sont posés comme des insectes.

Gustave regarde sa fille avec tendresse.

– Ta mère serait si fière de toi. De la femme que tu es devenue…

Claire tourne la tête vers la vue, les yeux subitement embués. Son père évoque rarement Marguerite.

– Elle me manque, souffle-t-elle, avant d'aspirer une grande goulée de l'air parisien.

Eiffel passe son bras autour de l'épaule de sa fille, qui se blottit aussitôt contre lui.

Comme si elle luttait contre une trop grande démonstration de sentiments – elle n'est pas la fille de Gustave pour rien –, Claire repart dans ses rêveries matrimoniales, imaginant déjà la fête, les tenues, le buffet…

– J'aimerais que tu n'invites pas toutes tes relations, papa. Ce ne sera pas une inauguration, juste un mariage.

À nouveau, Gustave rit.

– Promis, ma chérie.

Il se dit alors qu'ils pourraient tous se marier le même jour ? Et pourquoi pas ? Mais aussitôt l'idée lui paraît odieuse. Pauvre Claire, il ne peut pas lui voler un jour pareil. Cette vision suffit à l'égayer à nouveau, et il lui tarde surtout de présenter Adrienne à ceux qu'il chérit le plus au monde. La leur présenter *réellement*.

– Claire ?

– Oui, papa ?

Eiffel la regarde étrangement. C'est lui qui semble un petit garçon, tout à coup. Comme s'il avait une bêtise à confesser.

– Je voulais te dire…

Mais pourquoi s'interrompt-il ?

– C'est si grave que ça ? demande Claire, moins inquiète qu'attendrie par la timidité de son père.

– Il y a une femme dans ma vie…

L'aveu est sorti à mi-voix, d'un ton coupable. Mais Claire ne l'en regarde qu'avec plus d'affection. La prend-il donc pour une dinde ? Eiffel croit vraiment que personne n'a rien remarqué ? Ces visites de nuit sur le chantier ; ces retours tardifs à la maison ; jusqu'à ces cheveux qu'elle retrouve sur les épaules de ses vestes lorsqu'elle met de l'ordre dans les armoires paternelles.

– Tu verras, reprend Eiffel en happant la main de sa fille, c'est une femme à part.

Claire acquiesce.

– Oui, c'est vrai, papa. Une femme étonnante. Et très belle.

Gustave est sidéré. Il n'ose rien dire de plus. Ainsi elle sait ? Ou alors a-t-elle deviné ? Peu importe, il se sent léger, à nouveau. La journée avait commencé de façon si douce – savoir qu'Adrienne était en train de rompre avec Antoine, et qu'elle viendrait le rejoindre ce soir pour ne plus jamais repartir – et voilà que son amour est accepté, validé par sa famille. Comment le rendre plus heureux ?

– Tu m'aideras à l'annoncer à tes frères et sœur ?

Claire est si émue par cette question que les larmes inondent à nouveau ses yeux. Elle hoche la tête et se retourne vers la vue. Au pied de la tour, les constructions pour l'Exposition universelle de 1889 ont vraiment commencé. Mais rien ne peut rivaliser avec la tour rêvée, pensée, voulue, et construite par son père.

– Elle me retrouve ici, ce soir, dit Gustave. Nous allons sans doute vivre ensemble. Avec vous, si vous le voulez bien…

Les doigts de Claire se blottissent dans les siens et elle murmure :

– Je suis heureuse pour toi.

– 40 –

Paris, 1887

La nuit est tombée. Tous les ouvriers sont partis et Gustave est seul sur le chantier. En tête à tête avec sa tour. Il voudrait prolonger encore un peu ce bonheur égoïste. Enfin tout s'aligne, avec une troublante perfection. D'ici une heure, la vraie femme de sa vie va le rejoindre et ne le quittera plus. Mais là, en attendant, il jouit de cette sensation aérienne, presque étouffante, qui lui donne l'illusion de marcher sur de la soie. Ce soir, tout va changer. En un sens, il dit adieu à son passé. Non pas à sa jeunesse, puisqu'elle est revenue. Mais à des années de labeur, d'obstination, de rage, d'efficacité. Ce n'est pas sans un pincement au cœur qu'il songe à tout ce qui va changer, désormais. Il s'agit d'un petit deuil, serein et doux, mais qui s'accompagne d'un départ. Est-ce lui qui avance, son passé qui s'éloigne, ou juste la vie qui prend un tournant auquel il n'aurait jamais cru si on le lui avait prophétisé voici seulement deux ans ?

Adrienne est là, désormais. Et la vie de Gustave commence par un A majuscule, comme sa tour s'élance dans le ciel de Paris, prête à le transpercer.

Le silence est envoûtant, presque sorcier. Comme si la ville faisait une pause. La structure se fond dans le ciel, bientôt mêlée aux étoiles. Gustave se rappelle une même nuit, vingt-sept ans plus tôt, où il déambulait ainsi sur un chantier. Il y avait aussi un fleuve, qui s'appelait Garonne, et une femme qui allait le rejoindre et se jeter à l'eau, mais il ne le savait pas encore. Aujourd'hui, il sait ; et cette certitude fait battre son cœur, lui donne des palpitations de joie si fortes qu'il doit s'appuyer contre le socle du pilier. On a beau jouer les adolescents échevelés, on n'en est pas moins un homme mûr, éprouvé par la vie et le passage du temps. Adrienne possède une forme juvénile sidérante, mais Gustave a coiffé depuis longtemps la cinquantaine, et ses médecins le supplient de ne pas trop en faire. Eiffel s'en moque ! L'énergie lui a toujours réussi. L'action est sa drogue et il ne saurait vivre sans projets, sans cette force de nouveauté, d'audace, qui l'a toujours poussé à être le meilleur, à être le premier.

– À être le seul… murmure-t-il, grisé de tant d'orgueil.

Mais il se moque d'être aussi vaniteux. Personne n'est là pour l'épier et il jouit, encore un peu, des derniers instants de sa première vie.

Tout à coup, un bruit dans la nuit. Des pas qui s'approchent. Gustave se redresse et scrute l'obscurité. Cela provient de l'entrée.

Le son se rapproche. Son cœur s'accélère : oui, ce sont bien des chevaux. Et ce grincement si particulier des essieux d'un fiacre.

Fébrile, Gustave sent sa peau se hérisser et il marche vivement vers la grille d'entrée.

Le fiacre est là, de l'autre côté, immobile.

Gustave lui sourit, comme si la voiture était déjà un peu d'Adrienne. Puis il s'immobilise, lui aussi. Car c'est ainsi qu'il a rêvé la scène, presque comme un tableau. Gustave d'un côté de la grille, Adrienne de l'autre, puis les deux êtres qui traversent la nuit, marchent l'un vers l'autre, et se retrouvent à la frontière des deux mondes, de leurs deux vies, comme on passe un gué. Alors leur existence commencera vraiment.

Mais il ne se passe rien.

Les chevaux piaffent et l'un d'eux hennit doucement. Le cocher fume une pipe, les yeux perdus dans le vague, considérant bientôt cette tour étrange qui s'étire au-dessus de sa tête. Rien de plus. Les rideaux du fiacre sont fermés, et Gustave aperçoit une faible lueur, malgré l'épaisseur du tissu.

Au bout de quelques minutes, Eiffel commence à s'inquiéter. À quoi joue Adrienne ? Est-ce une petite charade pour le faire venir, comme un duel où l'un des deux opposants doit entrer sur le territoire de l'autre, alors qu'il est entendu de se retrouver à mi-chemin ?

Puis, un bruit métallique. Le son d'un loquet.

Lorsque la porte du fiacre s'ouvre, Eiffel est à la fois rassuré et inquiet. Cette comédie devient poussive. D'autant que personne ne sort.

Avec des réticences instinctives, Gustave marche vers la grille, l'ouvre, et sort du chantier. Tout lui semble étrangement étiré, comme si le fiacre s'éloignait à mesure qu'il veut s'en approcher. Puis, brusquement, la voiture est là, devant lui. L'odeur des chevaux lui saute au visage, et s'y mêle un parfum heureusement familier : celui d'Adrienne.

La portière ouverte lui cache encore l'intérieur du fiacre, et Gustave rechigne à aller plus loin. Mais il se trouve bien ridicule et se hisse sur le marchepied.

Il croit alors que son cœur s'arrête.

– Bonsoir, Gustave…

– 41 –

Paris, 1887

Rarement il a vu des yeux si violents. Antoine ne le regarde pas, il l'incendie. À côté de lui, sur la banquette, Adrienne conserve le visage droit devant elle, comme si elle ne voulait pas affronter la réalité de cet instant ; comme si sa présence était symbolique, contrainte.

Eiffel ne comprend plus. Que se passe-t-il ? Pourquoi sont-ils venus tous les deux ? Que signifie l'attitude d'Adrienne ? Et Restac qui le fixe avec une haine joviale, comme s'il venait ici accomplir un mauvais tour…

– Adrienne ?

Elle ne répond pas. Ne tourne pas la tête. Tout juste son gant a-t-il tremblé, posé sur son genou, dans une position de mannequin de cire.

– Monte, fait Antoine en désignant la banquette face à eux.

Avec une nausée au ventre, Eiffel se hisse dans l'habitacle et Antoine ferme la porte.

– Enfin seuls, ironise-t-il en faisant un clin d'œil à sa femme qui étouffe une grimace de dégoût.

Gustave est interloqué. Rien ne se passe comme il l'avait prévu. La structure pensée par l'ingénieur s'effondre en un instant, sous le rire narquois de Restac.

– Que veux-tu, Antoine ?

– Moi ? Mais je ne veux rien. Enfin rien de nouveau. Je veux que tout redevienne comme c'était, voilà tout…

Eiffel découvre un homme blessé, moins agressif. Avec ce qui s'est passé depuis des mois, Restac a toutes les raisons d'être en rage. Est-il venu faire ici un ultime plaidoyer, pour la forme ? En ce cas, pourquoi ne pas être venu seul, d'homme à homme, plutôt qu'imposer à Adrienne cette scène de mauvais vaudeville.

– Tu ne peux pas voler la vie des gens comme ça, Gustave. Vous autres architectes, ingénieurs, vous pensez voir plus haut, plus loin. Vous estimez que rien ne peut vous résister, mais c'est faux… La vie n'obéit pas à des formules, des équations.

Gustave voit le visage tremblant d'Antoine. Ces aveux lui sont douloureux. Mais le plus étrange reste Adrienne : elle ne bouge toujours pas, fixant obstinément devant elle, comme s'il ne fallait pas qu'elle regarde son amant.

– J'ai rencontré Adrienne alors qu'elle sortait de l'hôpital, où elle était restée près d'un an, prostrée, le corps coupé en deux.

D'un geste étrangement affectueux, Restac prend la main de sa femme. Le plus singulier est la réaction d'Adrienne, qui ne le repousse pas. Ses doigts semblent inertes, comme un gant mort.

– Elle était seule, et j'étais là, moi…

Eiffel voit les pommettes d'Adrienne vibrer, comme si enfin elle prenait vie.

– Je n'ai pas construit de pont ni de tour mais je l'ai aimée et je l'aime. Je lui ai redonné la vie.

Les yeux d'Adrienne sont luisants, ses lèvres tremblent.

– Tu ne peux pas tout avoir, Gustave. Laisse-nous…

C'est maintenant une longue larme qui coule sur son beau visage, comme si elle voulait en souligner l'ovale. Eiffel est bouleversé.

– Adrienne, fait-il, la voix embuée, sans qu'elle daigne le regarder. Au contraire, elle tourne la tête de l'autre côté, vers le petit rideau du fiacre.

– Nous partons ce soir, conclut Restac.

Gustave tressaille. Non, ce n'est pas possible, ce n'est pas vrai.

– Tu ne peux pas, grogne Eiffel.

– Vraiment ?

Restac a changé de visage. L'homme sincère qui avouait l'amour pour sa femme a remis son masque de cynisme et d'aigreur. L'échotier sanglant est de retour et scrute son vieux camarade avec une haine froide.

– Que serais-tu prêt à sacrifier par amour pour Adrienne ? Pas notre amitié, c'est déjà fait…

– Tout ! réplique Gustave dans un souffle. Ma vie !

Restac éclate de rire devant l'exaltation d'Eiffel. Ses yeux lancent des flammèches.

– Regardez-moi ça ! Il se jetterait dans le vide pour faire le joli cœur ! À ton âge, franchement, Gustave…

Sans se tourner vers eux, Adrienne saisit le bras de son époux.

– Arrête, Antoine…

Eiffel respire un peu mieux : enfin il entend sa voix. Mais elle ne dit rien de plus et conserve cette insupportable fixité.

Restac tapote la main de sa femme comme le ferait un docteur, mais garde son ton narquois.

– Tu es prêt à mourir pour ma femme ? Bravo, c'est beau. Stupide et beau. Ça ferait même un joli fait divers. Et je te pense assez fou pour en être capable… Sous tes airs distants, tu as toujours été le plus exalté de nous deux. Méfiez-vous des timides…

D'un grand coup de pied, Restac ouvre la portière du fiacre. Le choc fait vibrer la voiture et ils entendent les chevaux hennir de surprise. Ils sentent surtout un air glacé entrer dans l'habitacle. Et puis, malgré la nuit, ils voient la tour. La lune a quitté les nuages, posant sur le métal une lueur laiteuse et onirique. La vue est saisissante.

– Et elle, Gustave ?

Eiffel ne comprend pas.

– Tu serais prêt à la sacrifier, elle aussi ? À devoir y renoncer parce que l'État renonce au projet ? Parce que le Conseil de Paris te coupe les vivres ? Il suffit parfois d'une campagne de presse…

Restac s'arrête, guettant la moindre réaction de Gustave.

Eiffel est abasourdi, écœuré. Ainsi donc voilà comment cela se termine ? Un vulgaire chantage. Un marchandage sordide, indigne.

Gustave est sans voix. Un silence de quelques secondes où il est seul à la croisée des chemins et ne sait quoi répondre.

Enfin Adrienne tourne la tête. Elle sait ce qui se passe dans l'esprit d'Eiffel ; le dilemme est atroce et personne n'avait voulu cela, surtout pas elle.

Gustave lit sur son visage un amour profond, sincère. Mais il voit aussi cette tristesse abyssale, ce renoncement. Chaque trait de sa figure est marqué par la résignation. Si quelqu'un se sacrifie, c'est elle, seulement elle.

– C'est ma décision, Gustave. Pas celle d'Antoine. Pas la tienne…

Eiffel sent les larmes lui monter aux yeux. Il voudrait la prendre dans ses bras, la serrer, que tout disparaisse dans une crevasse de leur mémoire, que rien n'ait jamais eu lieu, qu'ils soient à nouveau à Bordeaux, au bord de la Garonne, dans cette petite baraque où pour la première fois…

Mais non. Tout cela est fini. Les années ont passé, les corps ont vieilli, les cœurs se sont endurcis. Est venu le temps des choix, des décisions sans joie. Des sacrifices. Aujourd'hui, tout le monde va perdre quelque chose. Chacun s'en retournera, humilié, l'âme lourde, comme si on venait, à jamais, de briser ce qui leur restait d'innocence.

– C'est ma décision, répète Adrienne avant d'attraper la main de Gustave.

Restac se recule dans son siège, car les amants passent devant lui, contre lui, comme s'il n'existait plus. Il serre les dents, ferme les yeux, tel un malade qui sait que le traitement est presque terminé. Mais Adrienne et Gustave ne le voient même plus. Ils sont abîmés dans la contemplation de l'autre. Qu'ils ont été heureux ! Ils ont vraiment cru que tout était possible, qu'on pouvait traverser le temps, braver la vie, tordre le destin. Ils sentent tant de souvenirs brûlants passer d'une main à l'autre, comme s'ils vivaient d'un même sang. Et qu'il est dur de se désunir, maintenant. La main de Gustave se retire un instant mais les doigts d'Adrienne s'agrippent aux siens. Ils ne disent pas un mot, respirent d'un même souffle, gardent leurs yeux plongés dans ceux de l'autre.

Puis leurs bras retombent, comme des mannequins de chiffon.

Le déchirement est si atroce qu'ils restent sans voix.

Lorsque ses pieds se posent sur le marchepied, Gustave croit que le sol tangue. Il se rappelle cette sensation du passager d'un bateau qui touche terre après des semaines au large. Un vertige de chaque instant.

Le plus dur est à faire, maintenant. Ne pas se retourner. Ne pas tenter un dernier regard, qui rendrait tout encore plus douloureux. Le Gustave de 1860 l'aurait fait. Il aurait attendu, fait le siège, combattu comme à son arrivée chez les Bourgès. Mais l'Eiffel de 1887 a grandi. Est-il meilleur ? Pire ? La question n'est pas ainsi. Il est différent et nul ne peut rien contre cela. Gustave et Adrienne ont voulu abolir le temps, ressusciter le passé. Ce sont des bonheurs éphémères. La vie est autre, voilà tout.

Surtout, à mesure qu'il s'éloigne du fiacre dont il entend la portière se refermer comme si on lui plantait un couteau dans le cœur, Eiffel se refuse à penser. Le sacrifice d'Adrienne, qui prend cette décision pour lui éviter de faire un choix : est-il plus belle preuve d'amour ? Le chagrin lui serre la gorge, comme il voudrait l'étouffer de ses baisers, mais c'est fini. Bien fini. Il entend maintenant les sabots des chevaux qui frappent la chaussée, tandis que la voiture s'ébranle. Alors qu'il passe la grille, le son s'éloigne, doucement, timidement. Puis, plus rien. Gustave Eiffel est seul avec sa tour.

ÉPILOGUE

Paris, 31 mars 1889

L'avait-il déjà vue si belle ? Gustave a le sentiment de ne l'avoir jamais vraiment regardée jusqu'alors. Elle a trop occupé ses pensées ; il a vécu par et pour elle, s'endormant à son image, lui souriant à son réveil, songeant à elle à chaque instant. Maintenant ils sont là, tous les deux, face à face : enfin ! Et il la voit, sans fard, dans toute sa scandaleuse beauté.

La foule est enthousiaste. Les badauds agitent des petits fanions bleu-blanc-rouge. Ils sont venus par centaines sur le Champ-de-Mars, enjambant les chantiers des bâtiments voisins encore inachevés. L'Exposition universelle ouvre dans un mois et la plupart de pavillons sont en retard. Minarets, pagodes, châteaux forts, serres, huttes, c'est un vrai tour du monde depuis l'École militaire ! Par-delà le public, Gustave aperçoit des ouvriers qui scient, peignent, mesurent, sautent sur les toits, font des grands gestes affairés. Si tout n'est pas prêt pour le jour de l'ouverture, ce n'est pas eux qui perdront la face, mais leur nation tout entière.

L'ingénieur se sent si léger à cette idée. Il a fini, lui. Debout sur le podium, engoncé dans son habit de cérémonie, il se tourne un instant et la regarde encore une fois. Quelle belle idée, ce rouge Barbedienne ! Comme si on l'avait vêtue de sa plus belle robe pour aller au bal. Cette peinture lui donne un éclat sensuel qui irradie sous le soleil du printemps. Ils ont eu de la chance avec le ciel. Alors que les dernières semaines avaient été bien aigres, le printemps est arrivé tout à trac, comme si lui aussi voulait célébrer le baptême de cette tour qui s'élance avec tant de joie vers les nuages.

Eiffel est plutôt content que l'inauguration ait été avancée. Bien sûr, certains détails auraient pu être fignolés, mais qui les remarque ? Le public est fasciné, enthousiaste, faisant mentir tous les calomniateurs qui se sont d'ailleurs tus à mesure que l'édification avançait. Au deuxième étage, ils n'étaient plus que quelques riverains pour râler. Au troisième, plus un cri, sinon de joie, de surprise, d'admiration.

– Que j'aimerais monter là-haut, disaient les enfants à leurs parents en passant au pied du gigantesque bâtiment.

– Il faut attendre l'ouverture de l'Exposition, ma chérie.

– C'est bientôt ?

– En mai.

– Tu m'y emmèneras ?

– Si tu es sage, peut-être…

Combien de fois Gustave l'a-t-il entendu, ce dialogue qui lui mettait du baume au cœur ?

D'ailleurs, bien qu'on l'inaugure aujourd'hui, les visiteurs ne pourront gravir la tour qu'une fois l'Exposition ouverte. Il reste des détails à verrouiller dans les escaliers et les ascenseurs. C'est donc un demi-baptême.

Aurait-il pourtant pu refuser cette inauguration avancée ? Aurait-il dû le faire ? Non, Eiffel n'a pas eu le choix. Tout est affaire de politique, comme d'habitude. Avec ses déclarations bravaches et sa popularité grimpante, le général Boulanger est à deux doigts de faire vaciller la République, et la presse s'en fait le relais quotidien et souvent complaisant. Il fallait donc détourner le regard du public, le pousser à admirer non point un galonné encombrant, mais un véritable enfant de la République, une fille de fer, une fierté nationale.

Et l'astuce a fonctionné. En quelques jours, les journaux n'ont plus parlé que de ça. Pas un quotidien qui n'ait fait la une sur l'ingénieur et sa folie de métal, désormais appelée tour Eiffel.

Il y a tant de joie sur le Champ-de-Mars. Le public à ses pieds, sa tour derrière lui, Gustave a le sentiment d'être entre deux mondes, mais sa vie n'a-t-elle pas toujours été ainsi ?

Il sent une main se glisser dans la sienne.

– Tout va bien, papa ?

Claire le regarde avec une affection profonde. Son autre main est posée sur son ventre, déjà bien arrondi.

– Quelle belle année, souffle Eiffel en posant un baiser furtif dans les cheveux de sa fille.

Ce n'est pas le moment de se donner en spectacle. Mais le public ne prête pas grande attention à l'ingénieur. Les badauds tentent plutôt d'identifier toutes ces silhouettes qui montent les unes après les autres sur un podium de plus en plus étroit.

– Le type, là-bas, c'est pas Sadi Carnot ? fait une voix dans la foule.

– Mais non. Le président n'est pas là. Il viendra pour l'ouverture de l'exposition.

– Et celui à gauche ?

– Ça, c'est Tirard, le président du Conseil.

– Et les grandes moustaches ?

– Lockroy, un ancien ministre.

– T'es fort, dis donc.

– Bah non, je m'informe…

Gustave sourit à ces échanges qui lui parviennent çà et là.

– Et le monsieur aux cheveux gris qui tient la main de la jeune femme enceinte ?

– Ah ça, je ne sais pas. Sans doute un huissier. Un type sans importance…

À cette réplique, Eiffel et sa fille étouffent un fou rire. Mais ils doivent vite retrouver leur sérieux, car une fanfare vient de lancer ses premières mesures. De l'autre côté de la foule, sur un podium jumeau, l'orphéon attaque un *Sambre et Meuse* martial qui redouble l'enthousiasme de la foule. Tout le monde applaudit, lance des « Vive la France ! », « Vive l'Alsace ! », « Vive le président Carnot ! » Près d'Eiffel, les hommes politiques se jettent des regards entendus et satisfaits : la cérémonie remplit son office.

Commencent les discours, interminables. Eiffel entend son nom cité, il esquisse des sourires, s'incline, mais agit comme un automate. Ces éloges sont interchangeables et il est ailleurs, à mille lieues de cette foule. Son corps est ici, esclave de la pesanteur, mais son esprit flotte là-haut, trois cents mètres au-dessus de Paris, près de cette petite capsule qui couronne sa tour. Qu'ils en ont fait, du chemin, tous les deux. Qu'on est loin du pylône de Koechlin et Nouguier, ce projet auquel il ne croyait pas ! Il s'est passé tant de choses en à peine trois ans. Instinctivement, Eiffel remonte le fil de ces trois années de folie, d'exaltation, de passion. De souffrance, aussi. À chaque fois qu'un fantôme apparaît dans sa mémoire, il l'esquive, comme on tourne le dos à des souvenirs. C'est encore trop tôt, trop brûlant. C'est pourtant pour elle qu'il a fait tout cela. C'est grâce à elle qu'il y est arrivé. Même absente, elle était penchée sur son épaule, à l'affût de la moindre de ses décisions, comme si toujours elle lui soufflait à l'oreille la marche à suivre, le chemin à prendre, sans jamais se tromper. En un sens, il se sentait protégé, comme ces marins qui partent en mer avec la bénédiction d'un saint, d'une fée. Et cette tour, c'est elle, ce ne peut être qu'elle, puisqu'elle l'a voulue autant que lui, avec la même passion.

– Ce doit être, mon cher Eiffel, le plus beau jour de votre vie ! Toutes mes félicitations !

Eiffel sourit à nouveau. Il s'entend même remercier, sous les vivats de la foule. Mais ce n'est plus lui qui parle. Ou à peine. Gustave reste ailleurs, tenant une main invisible.

Il ne l'a jamais revue. Comme Antoine le lui avait annoncé, tous deux sont partis. Ils ont quitté Paris, sans un mot. Et personne ne s'en est ému. On ne regrette jamais les journalistes. Et des belles femmes, il y en aura d'autres. Encore plus jeunes, encore plus envoûtantes.

À cette idée, le regard d'Eiffel est happé. Ce n'est pas une silhouette, plutôt une tache de couleur, une ombre pourpre. Elle est là, au milieu de la foule. Gustave la remarque, car elle est la seule à ne pas bouger. Les badauds s'agitent, lèvent la tête vers la tour, se chuchotent à l'oreille, grignotent des biscuits, ou dansent au son d'une fanfare qui joue encore en sourdine, malgré les allocutions officielles. Elle, en revanche, reste immobile. Comme une statue plantée dans l'assistance. Une statue en robe pourpre, sur le visage duquel est posée une voilette. Pourtant, Gustave ne voit plus qu'elle. Alors que Lockroy prend à son tour la parole, rappelant qu'il n'est plus ministre, mais que c'est lui qui a lancé ce projet magnifique, Eiffel croit que tout le monde se tait. Un silence assourdissant envahit le Champ-de-Mars. Les bouches s'ouvrent sur du vide, les gens se déplacent sans bruit, les ouvriers tapent sur des clous muets. Il n'entend que sa propre respiration, et le bruit des doigts de l'inconnue qui soulève sa voilette.

Ses yeux n'ont pas changé. Félins, immenses, dévorants, ils prennent toute la place et Gustave croit que la foule a disparu. Ce regard qui le couve d'admiration, d'affection, d'amour, efface tout. Il efface le public comme il efface la rancœur, la souffrance, l'absence, le manque. Elle est là, malgré tout, malgré les autres, malgré eux-mêmes. Et maintenant que ses yeux de chat se chargent de larmes – des larmes de joie, de soulagement –, Gustave sent son propre visage vibrer d'émotion. Tout est si vivant, brusquement. Il en est bouleversé et manque vaciller sur ses chevilles.

– Ça va aller, papa ?

Claire a repris sa main et le regarde avec inquiétude. La dernière fois qu'elle l'a vu pleurer, c'était à l'enterrement de Marguerite. Mais aujourd'hui, son père est en larmes. Oh, pas des gros sanglots encombrants, juste deux petites gouttes qui dévalent son visage pour se perdre dans sa jolie barbe grise, qu'elle l'a aidé à tailler ce matin.

– Tout va bien, ma chérie.

Lorsqu'il relève la tête, l'ombre pourpre a disparu. La foule a retrouvé son brouhaha, sa joie braillarde. Les louanges des officiels continuent d'enfiler des perles. Et elle n'est plus là.

Le pincement au ventre est terrible, presque insoutenable. Mais il aperçoit alors, par-delà de la fanfare, au milieu des chantiers voisins, une silhouette pourpre qui s'éloigne. Au moment de passer derrière une pagode annamite, elle se tourne une dernière fois. Malgré la distance, Gustave voit les yeux de chat. Et ce sourire, à jamais immense.

Puis Adrienne disparaît.

– Et maintenant je vais donner à la parole au héros du jour, à l'une de nos plus grandes gloires nationales, à un homme qui fait honneur à la République et à la France : monsieur Gustave Eiffel.

Gustave réagit à peine. Il lui semble tout percevoir comme si on l'avait plongé dans du coton.

À nouveau, il a quitté son corps et vole au-dessus de Paris, caressant le sommet de sa tour. Il est pourtant bien là, sur ce podium. Et c'est bien lui qui, après un baiser à sa fille, sort ces quelques feuilles de sa poche intérieure.

La foule a fait silence. Alors qu'ils étaient dissipés pendant les blablas politiques, ils sont aux aguets. C'est pour lui qu'ils sont venus, et personne d'autre. Pour lui et sa tour.

Gustave s'entend parler, mais il s'en moque. Ce qu'il vient de voir, malgré la distance, malgré la foule, a redonné sens à tout ce qu'il a fait depuis deux ans. Et il est heureux. Son amour a désormais une marque, planté à jamais dans le sol de Paris, comme les amoureux gravent leurs initiales dans le tronc d'un arbre.

Il s'entend expliquer aux gens comment cette tour est née, quels furent son aventure, ses choix, ses doutes. À la liste des chiffres, qu'il distille avec une science d'artificier – Claire lui a fait répéter son discours, ce matin même –, le public pousse des « oh » admiratifs.

– La tour Eiffel mesure exactement 300 mètres. Avec un drapeau, elle monte à 312. Ses dimensions à la base sont de 125 mètres par 125 mètres. Elle a nécessité 18 038 pièces métalliques et 2 500 000 rivets. Elle compte 1 665 marches, du sol au sommet…

Chaque nombre est accueilli par des hourras. Et Gustave continue, sous les bravos d'une foule saoule d'admiration.

Il est pourtant une chose qu'il ne dit pas. Un détail qu'il garde pour lui, comme le plus doux des secrets. Même sa fille ne le saura jamais, car il est des choses qui ne regardent que les amoureux. Repliant son discours, sous les vivats de la foule, Gustave Eiffel murmure pour lui-même, comme on lance un baiser à un joli souvenir :

– Elle a la forme d'un A.

ANNEXE

Protestation des artistes contre la tour Eiffel, 14 février 1887.

À monsieur Alphand,

Monsieur et cher compatriote,

Nous venons, écrivains, peintres, sculpteurs, architectes, amateurs passionnés de la beauté jusqu'ici intacte de Paris, protester de toutes nos forces, de toute notre indignation, au nom du goût français méconnu, au nom de l'art et de l'histoire français menacés, contre l'érection, en plein cœur de notre capitale, de l'inutile et monstrueuse tour Eiffel, que la malignité publique, souvent empreinte de bon sens et d'esprit de justice, a déjà baptisée du nom de « tour de Babel ».

Sans tomber dans l'exaltation du chauvinisme, nous avons le droit de proclamer bien haut que Paris est la ville sans rivale dans le monde. Au-dessus de ses rues, de ses boulevards élargis, le long de ses quais admirables, du milieu de ses magnifiques promenades surgissent les plus nobles monuments que le génie humain ait enfantés. L'âme de la France, créatrice de chefs-d'œuvre, resplendit parmi cette floraison auguste de pierre. L'Italie, l'Allemagne, les Flandres, si fières à juste titre de leur héritage artistique, ne possèdent rien qui soit comparable au nôtre, et de tous les coins de l'univers Paris attire les curiosités et les admirations. Allons-nous donc laisser profaner tout cela ? La ville de Paris va-t-elle donc s'associer plus longtemps aux baroques, aux mercantiles imaginations d'un constructeur de machines, pour s'enlaidir irréparablement et se déshonorer ? Car la tour Eiffel, dont la commerciale Amérique elle-même ne voudrait pas, c'est, n'en doutez point, le déshonneur de Paris. Chacun le sent, chacun le dit, chacun s'en afflige profondément, et nous ne sommes qu'un faible écho de l'opinion universelle, si légitimement alarmée. Enfin, lorsque les étrangers viendront visiter notre Exposition, ils s'écrieront, étonnés : « Quoi ? C'est cette horreur que les Français ont trouvée pour nous donner une idée de leur goût si fort vanté ? » Et ils auront raison de se moquer de nous, parce que le Paris des gothiques sublimes, le Paris de Jean Goujon, de Germain Pilon, de Puget, de Rude, de Barye, etc., sera devenu le Paris de monsieur Eiffel.

Il suffit, d'ailleurs, pour se rendre compte de ce que nous avançons, de se figurer un instant une tour vertigineusement ridicule, dominant Paris, ainsi qu'une gigantesque et noire cheminée d'usine, écrasant de sa masse barbare Notre-Dame, la Sainte-Chapelle, la tour Saint-Jacques, le Louvre, le dôme des Invalides, l'Arc de triomphe, tous nos monuments humiliés, toutes nos architectures rapetissées, qui disparaîtront dans ce rêve stupéfiant. Et pendant vingt ans, nous verrons s'allonger sur la ville entière, frémissante encore du génie de tant de siècles, nous verrons s'allonger comme une tache d'encre l'ombre odieuse de l'odieuse colonne de tôle boulonnée.

C'est à vous, monsieur et cher compatriote, à vous qui aimez tant Paris, qui l'avez tant embelli, qui tant de fois l'avez protégé contre les dévastations administratives et le vandalisme des entreprises industrielles, qu'appartient l'honneur de le défendre une fois de plus. Nous nous remettons à vous du soin de plaider la cause de Paris, sachant que vous y dépenserez toute l'énergie, toute l'éloquence que doit inspirer à un artiste tel que vous l'amour de ce qui est beau, de ce qui est grand, de ce qui est juste. Et si notre cri d'alarme n'est pas entendu, si vos raisons ne sont pas écoutées, si Paris s'obstine dans l'idée de déshonorer Paris, nous aurons du moins, vous et nous, fait entendre une protestation qui honore.

Ont déjà signé :

Meissonier, Ch. Gounod, Charles Garnier, Robert Fleury, Victorien Sardou, Édouard Pailleron, H. Gérôme, L. Bonnat, W. Bouguereau, Jean Gigoux, G. Boulanger, J.-E. Lenepveu, Eug. Guillaume, A. Wolff, Ch. Questel, A. Dumas, François Coppée, Leconte de Lisle, Daumet, Français, Sully-Prudhomme, Élie Delaunay, E. Vaudremer, E. Bertrand, G.-J. Thomas, François, Henriquel, A. Lenoir, G. Jacquet, Goubie, E. Duez, de Saint-Marceaux, G. Courtois, P.-A.-J. Dagnan-Bouveret, J. Wencker, L. Doucet, Guy de Maupassant, Henri Amic, Ch. Grandmougin, François Bournaud, Ch. Baude, Jules Lefebvre, A. Mercié, Cheviron, Albert Jullien, André Legrand, Limbo, etc., etc.

Composition
PRESS·PROD

IMPRIM'VERT®
PEFC 10-31-1510

Imprimé en France
par Corlet Imprimeur
14110 Condé-en-Normandie
Dépôt légal : août 2021
N° d'impression : 20120623
ISBN : 978-2-7499-4586-6
LAF : 3040